阴翳之美

谷崎润一郎
精品集

痴人之爱

[日]谷崎润一郎-著
何欣阳-译

北京理工大学出版社

版权专有 侵权必究

图书在版编目（CIP）数据

痴人之爱 /（日）谷崎润一郎著；何欣阳译. —北京：北京理工大学出版社, 2020.12

（阴翳之美：谷崎润一郎精品集）

ISBN 978-7-5682-9195-8

Ⅰ.①痴… Ⅱ.①谷… ②何… Ⅲ.①长篇小说—日本—现代 Ⅳ.①I313.15

中国版本图书馆CIP数据核字（2020）第211286号

出版发行	/	北京理工大学出版社有限责任公司		
社　　址	/	北京市海淀区中关村南大街5号		
邮　　编	/	100081		
电　　话	/	（010）68914775（总编室）		
		（010）82562903（教材售后服务热线）		
		（010）68948351（其他图书服务热线）		
网　　址	/	http://www.bitpress.com.cn		
经　　销	/	全国各地新华书店		
印　　刷	/	三河市金元印装有限公司		
开　　本	/	880毫米×1230毫米　1/32		
印　　张	/	7.75	责任编辑	/ 李慧智
字　　数	/	171千字	文案编辑	/ 李慧智
版　　次	/	2020年12月第1版　2020年12月第1次印刷	责任校对	/ 周瑞红
定　　价	/	199.00元（全5册）	责任印制	/ 施胜娟

图书出现印装质量问题，请拨打售后服务热线，本社负责调换

目 录
contents

一	001	十五	134
二	008	十六	147
三	016	十七	157
四	023	十八	164
五	030	十九	169
六	039	二十	175
七	047	二十一	183
八	054	二十二	188
九	066	二十三	197
十	079	二十四	204
十一	096	二十五	210
十二	105	二十六	216
十三	115	二十七	227
十四	125	二十八	239

一

　　我在此想就我们夫妻世间罕见的关系，尽可能正直而坦率地试着写下现有的事实。于我本人而言它是难忘的珍贵记录，恐怕对各位读者而言，也一定能作为某种参考资料。尤其像这段时间，日本在国际上开展的交际活动逐渐变得广泛，本国人和外国人频繁地交往让各种主义与思潮涌了进来。男人自不用说，女人也变得越来越时髦了，既到了如此时局，想必像我们这种空前罕见的夫妻关系，也会渐渐在诸位之中孕育而生吧！

　　仔细一想，我们夫妻最初的关系已经发生了变化。我第一次见到现在的妻子，正好是在八年前。到底是哪月哪日，我已然记不真切了，总之，那个时候她在浅草雷门一家名为"钻石"的咖啡厅里做服务员。她的年纪满打满算也不过才虚岁十五。我认识她时，她应该刚到咖啡厅打零工，是名副其实的新手，还不能独当一面，只是一个见习生——姑且这么说，她顶多算是未来的服务员。

　　要说当时已经二十八岁的我，怎么会相中这样的孩子，我也记不清了，大概起初是喜欢这孩子的名字吧……她被大家唤作"小直"，有一次我试着问她，得知她的本名叫奈绪美。"奈绪美"这个名字，让我非常好奇。我起初觉得"奈绪美"真是个妙极的名字，写作"娜奥美"简直像是一个西洋人，之后我就开始注意她了。她是个不可思议的家伙，名字起得时髦，长相也有几分西洋人的味道，而且看起来很伶俐，让人觉得"放在这种地方当服务员太可惜了"。

事实上，娜奥美的容貌（虽然之前被拒绝了，但我还是决定之后以片假名①记录她的名字，总觉得不这样就出不来那股味道）和电影女演员玛丽·毕克馥有相似之处，确实很像西洋人。这绝不是我的偏袒。现在也有很多人像这样评价我的妻子，所以这一定是事实。不光是脸蛋，要是看看她光着的身子，你会发现那身段更像西洋人。不必说那自是我后来才知道的，当时我还没有了解到这个地步。只是隐约地从和服的穿法上想象着，要是那种装扮，手脚的样子应该也不会难看。

十五六岁少女的心情，若不是亲生父母或者亲姐妹，到底是难以体会的。所以你要是让我谈论在咖啡厅时的娜奥美性情到底如何，我并不能清楚地答上来。恐怕就娜奥美自己而言，她也会说那时候只是稀里糊涂地过日子吧！但是，如果让旁人来评价，谁都会觉得她是个阴郁而沉默寡言的孩子。脸色也带着一点青，那颜色就像几块无色透明玻璃重叠在一起，深沉郁闷，看起来并不健康。这是因为她刚来打工，不像外面的女服务员涂脂抹粉，对客人和友人也不甚熟悉，只是在角落里看起来小小地、默默地、慌慌张张地做着工作，你也见过那种样子吧？也许正是这个原因，令人感觉她很伶俐。

---

① 日语以平假名及片假名注音，类似于中文拼音，片假名多用于西方词汇，此处指用"娜奥美"代指"奈绪美"。

在此我有必要说明一下自己的经历，当时我是一家电器公司的工程师，月薪有一百五十日元。我出生于枥木县的宇都宫，国中毕业后来到东京，进了藏前的高等工业学校，毕业后不久成为一名工程师。除了礼拜天，我每天都从芝口合租的房子前往大井町的公司上班。

我单身一人租房，拿着一百五十日元的工资，日子过得很轻松。而且，我虽是长子，却没有承担给家乡的父母和兄弟姐妹寄生活费的义务。简而言之，我家经营着规模庞大的农庄，父亲已经不在了，但有年迈的母亲和忠实的叔叔婶婶为我打理一切，我过着完全自由自在的日子。然而，我也并未因此放浪形骸。姑且还能算是工薪阶层的榜样——朴素，认真，过于单调乏味的平庸，没有任何的抱怨和不满，每天都在工作——当时的我大概就是这样的吧……说起"河合让治"，公司里的评价几乎都是"君子"。

因此，说到我的娱乐，无非傍晚去看电影、在银座大街散步，偶尔狠下心肠去看看帝国剧什么的。不过我也是未婚青年，自然不讨厌接触年轻女子。我原本就是个乡野鄙夫，故而不善于与人交往，从来没有和异性交往过。唉，我迫于无奈成为"君子"也有这个原因吧。但我只是表面上的君子，内心从来没有丝毫对异性的疏忽，无论是行走间的来来往往，还是每天早晨搭乘电车的时候，我不断地留意着女性。貌似就在这个时候，偶然地，名叫娜奥美的小家伙出现在我眼前。

但是，当时我还不确定娜奥美是不是最漂亮的美女。在电车里、帝国剧场的走廊、银座大街等地点，和我擦肩而过的淑女中有很多比娜奥美更漂亮的人。娜奥美长得好不好是将来的问题，十五岁左右的小姑娘对今后的生活既期待又担心。所以我最初的计划是先把这个孩子接过来照顾，不遗余力地调教她，之后如果有希望，让她当我的妻子也无妨。——嗯，大概就像我所说的这样。一方面，这是我同情她的结果，但另一方面也是因为我想让自己过于平凡、过于单调的日子有所改变。说实话，我已经厌倦了长年寄宿的生活，所以想尽办法，想给这煞风景的生活增添些许色彩，增添些许温馨。即使再小也要盖一所房子，装饰房间，种花，在阳光明媚的阳台上悬挂鸟笼，再雇个女佣烧火做饭、收拾打扫。如果娜奥美来的话，她既能扮演女佣的角色，同时又能取代鸟儿。我大致是这样想的。

若是如此，为何不迎娶个门当户对的新娘，建立一个正式的家庭呢？——总的来说，我那时还没有勇气结婚。这里我必须说得稍微详尽一些，因为我是一个有常识的人，我不喜欢离经叛道也没有办法做到，但不可思议的是，我对结婚持有一种新潮的观点。说到"结婚"，俗世之人有一种要把大事做得严肃、讲究仪式感的倾向。首先，得有一个"介绍人"，周全地考虑双方的想法。其次是"相亲"。然后如果双方满意，就再聘请媒人把新娘的行李五担、七担、十三担地搬到婆家去。之后举办婚礼、蜜月旅行、回乡探亲……我实在讨厌这些说起来就相当烦琐的诸多事宜，结婚应该以更简单、更自由的形式进行。

那时候，要是我想结婚，候补人应该有一大把吧！我虽是个乡下佬，但体格健壮，品行端正——我自己这么说是非常可笑的——相貌端正，又有公司做担保，谁都乐意给我做媒吧！但是没办法，我就是不爱让人做媒。无论是怎样的美女，单凭一两次相亲，也无法了解彼此的志趣和性格。"啊，貌似还可以""有点漂亮"之类云云，我哪能做依靠一时心情来决定一生伴侣的蠢事。之后我一想，上上之策还是把像娜奥美一般的少女接到家里，看着她慢慢地成长，如果我中意就娶她为妻。我并不指望能娶到富家千金或书香门第的淑女，能得到娜奥美我就心满意足了。

我不光能成为一名少女的友人，还能在朝夕目睹她身姿发育的同时，明朗而愉快地以游戏的心情与她住在同一屋檐下。我觉得这不同于正式组建家庭，别有一番趣味。也就是说，我和娜奥美在玩孩子气的过家家。不似"有家室"的烦琐无趣，只是悠闲自得地简单生活——这正是我之所求。实际上当下的日本"家庭"，净弄些必不可少的家什，什么衣柜咯，长火盆咯，坐垫之类，丈夫、妻子、女佣的分工也泾渭分明，与远亲近邻的交往也有一堆礼数，为此不仅要耗费多余的钱财，还会将简单的事搞得一团乱，弄得不自在，年轻的工薪族当然也会过得不愉快，这不是什么好事。基于这一点，我相信我的想法的确是一种奇思。

我第一次跟娜奥美说这件事，约莫是在刚认识她两个月之时。那一阵子，我一有空就去钻石咖啡厅，尽可能地制造亲近她的机会。娜奥美很爱看电影，所以公休的时候她会和我一起去公园的电影院看电影，回去的时候顺路去一些西餐厅、荞麦面店。沉默寡言的她在这种场合话也很少，不知她是开心还是无聊，总是闷闷不乐。但是我邀请她的时候，她绝对不会说"不"。"嗯，可以啊。"她总是直率地答应我，不管我去哪儿都跟着我。

我不知道她到底将我看作什么人，怀着怎样的打算跟着我，但

一 | 005

她到底还只是个孩子，不会对"男人"这种生物投以怀疑的目光。在我的想象里，她是极其天真无邪的，只是因为这个"叔叔"会带她去她爱去的地方，有时还会请客，所以才跟我一起玩。对我来说，当时我纯粹是孩子的玩伴，是温柔亲切的"叔叔"，还没有之前所说的那些想法，在举止上也未曾表露。一想起那时候朦胧的、如梦幻般的岁月，就好像生活在童话世界里，到如今我还是不能压抑这个念头：再见一次那无邪的、干净的两人。

"怎么样，小娜美，看得清吗？"

每当电影院客满没有空位的时候，我就会站在后面像这样问。

"不，一点也看不见。"

娜奥美立刻边说边拼命拉长身子，试图在前方观众的脑袋瓜之间窥视。

"这样你也看不到的。骑在这根木头上，抓着我的肩膀看吧！"

说着，我把她从下面托举上去，让她坐在高扶手的横木上。她两腿悬空，一只手搭在我的肩膀上，终于心满意足地屏住呼吸凝视着画面。

"好看吗？"

"好看。"

要是我问，她只会这样回应，并没有拍手称快或欢欣雀跃的举动。好似聪明的狗聆听远方传来的声响般，沉默着，我从她睁着一双灵巧的眼睛紧盯着屏幕的表情，感受到她是真的痴迷电影。

"小娜美，你肚子饿了吗？"

我若是这么问，她有时会回答：

"不饿,什么都不想吃。"

但饿的时候也常常会不客气地应道"好啊"。而且想吃西餐就说西餐,想吃荞麦面就说荞麦面,我一征求她的意见,她立马毫不含糊地说出自己想吃的东西。

二

"小娜美,你长得和玛丽·毕克馥好像呀!"

那是什么时候的事情呢……那个晚上刚好看完那个女演员的电影,回去的路上我们去了一家西餐厅,我对她说。

"是吗?"

她并没有露出高兴的表情,只是突然好奇地看了看我说这句话时的脸。

"你不这么觉得吗?"我又问了一次。

"我不知道长得像不像,但是大家都说我像混血儿。"她敷衍地回答。

"可不是嘛!首先,你的名字就很特别,谁给你取了'娜奥美'这个如此时髦的名字呢?"

"我不知道是谁给取的!"

"是爹地呢,还是妈咪呢……"

"是谁呢……"

"欸,小娜美的爹地是做什么生意的呢?"

"爸爸已经不在了。"

"那妈咪呢？"

"妈妈倒是还活着，不过……"

"那兄弟姐妹呢？"

"兄弟姐妹有很多，哥哥啦，姐姐啦，妹妹啦……"

在那以后，这样的话也屡次出现过，不过，她每次被问到自己的家庭情况时，总是露出不快的表情，敷衍地搪塞过去。一起出去玩的时候，我通常会前一天先约好，定好时间在公园的长凳或观音堂前见面，她从未弄错过时间，也没有爽约过。我有次因为什么原因迟到了，我一边怀着"让她等得太久，是不是已经回去了？"的担心一边赶去看，她还老老实实地待在那里。一注意到我的身影，她突然站起来，朝我走来。

"对不起，小娜美，等了很久吧？"

"嗯，等着你呢。"

我要是问，她也只是这样回应，并没有什么不满的样子，也不像是在生气。抑或是有时我们约好在长凳见面，可突然下起了雨，我一边挂念着她会如何做一边出门赶过去，她蹲在池塘旁边那个小祠堂的屋檐下，一心一意地等待着，实在惹人疼爱得紧。

那种时刻，她总是穿着像是姐姐穿剩的①铭仙旧衣裳，系着针织的友禅②腰带，梳着桃瓣发髻，略施粉黛。此外，无论何时她的小脚总穿双打着补丁但式样很好的白色布袜。我试着问她为何只在节假日梳日式发髻，她只是一如既往地含混回答"因为家里这样要求我"。

---

① 铭仙是一种丝绸染色的平纹织物，主要产地有伊势崎、秩父、足利、桐生。
② 日本传统染色工艺的一种。

"今晚已经很晚了，我送你回家吧！"我一再这样说道。

"没关系，我住在附近，可以一个人回家。"

她只是这么说着，一到花圃的拐角处，娜奥美就会甩出一句"再见"，然后啪嗒啪嗒地朝着千束町的小巷奔去。

情形大致如此——那时候的事没必要写得太过冗长，有一次我倒是和她聊得比较融洽，比较轻松。

那是四月末的温和的夜，淅淅沥沥下着春雨。正好那天晚上咖啡厅人不多，很安静，我久久地坐在桌边，小口啜饮着酒——这样说来，我貌似海量，其实不然。因而我为了打发时间，点了女人喝的那种甜鸡尾酒，舔一下，啜一口，细细地抿。这时她送来了料理。

"小娜美，来这边坐一会儿吧！"我带着几分醉意说道。

"怎么了？"娜奥美老实地坐在我身边，当我从口袋里掏出敷岛①时，她马上给我擦了根火柴。

"那什么，没关系吧，在这儿聊聊呗！今晚看来不太忙。"

"嗯，很难得像今天这般清闲。"

"你总是那么忙吗？"

"很忙啦，一天忙到晚，连看书的时间都没有。"

"那小娜美，你爱读书吗？"

"对，很爱呀！"

"你都读些什么呢？"

"看各种各样的杂志，什么都读。"

---

① 日本旧时香烟品牌。

"真让人佩服,既然你那么想读书,怎么不去念女校呢?"

我故意这么说,暗中观察她的表情。她是生气了吗?装作若无其事地凝视着莫须有的方向,那双眸子里分明流露出悲伤,浮现出无法消解的愁闷。

"怎么样,小娜美,你真的想做学问吗?想的话,我可以送你上学。"

即使如此她还是不言语,所以这次我换了副安慰的口吻:

"哎,小娜美,别不说话呀,你想做什么?你想学什么?"

"我,想学英语。"

"嗯哼,英语和……仅此而已?"

"还想学音乐。"

"那我给你交学费,你去学不就好了?"

"可是上女校太迟了,我已经十五岁了。"

"不,女人和男人不一样,十五岁还不晚。你要是只学英语和音乐,也不必去女校,另外请个老师就好了。怎么样,真心的,你有没有干劲?"

"有是有,但是……那个,你真的愿意供我吗?"

这样说着的娜奥美,一下子目不转睛地盯着我的眼睛。

"啊,当然是真的。不过小娜美,那样一来你就不能继续在这里帮佣了,不会对你造成什么影响吧?你辞掉这份差事,我会带你回家,照顾你也没什么……我会对你负起这份责任,直到世界尽头。我打算将你培养成一名了不起的女性。"

"嗯,好哇,要是真能那样……"

没有一点点犹豫，她斩钉截铁地回复我，那爽快的回话多少让我有些惊讶。

"那，你会辞掉这份差事吗？"

"是的，不干了。"

"可是，小娜美，你这么决定当然可以，可你也得问问家里的想法，听听你妈妈和哥哥的意见吧？"

"不问家里的意见也没问题，不会有人说什么的。"她嘴上这么说，但实际上还是很在意这件事。这是她的习惯，她不喜欢我了解她家里的内情，故意表现出一副若无其事的样子。我也不愿为打探这些事而勉强她，只是为了实现她的愿望，总觉得无论如何要去她家和她的母亲或哥哥商量商量才行。之后，随着两个人之间的对话逐步深入，我和她说了好多次"请让我和你的亲人见上一面吧"，她却意外地表现出不快，一成不变地抱怨："好了好了，就算你不去见面，我也会自己说的。"

在此，我为了如今已成为我妻子的娜奥美，为了这位"河合夫人"的名誉，完全不必细谈她当时的身世与教养，招致她的不快。所以，我会尽力避免触及这些。那时我觉得这些事日后总有一天自然会真相大白，即使无法知道，从她家住在千束町、十五岁就在咖啡厅当服务员，还有绝不肯告诉他人住处的这些现象来看，相信谁都能大概想象出她的家庭状况。不，不仅如此，最后我还是说服了她，见到了她的妈妈和哥哥，但他们几乎都说对自己女儿和妹妹的贞操并不介怀。我与他们商量说难得这孩子爱做学问，你们长期把她放在那种地方打工有点可惜了，要是你们不介意的话，能不能把她交给我？虽然我也帮不上什么大忙,但我想雇一个女佣,帮着烧菜做饭、清扫房间,在此期间我会尽力让她接受教育。当然,我如实向他们告知了我还是单身的情况。"要是果真如此,那可真是这孩子的福分了……"这是一种毫无张力的回应,完全就像娜奥美说的那样,压根没有见面的必要。

我这时才痛切地感到世上竟有如此不负责任的母亲和兄长,同时对娜奥美更加的疼爱怜惜了。依她母亲所言,他们对娜奥美感到很是棘手,"其实我们是想让这孩子去当艺伎的,可因为她本人完全没这个打算,又不能一直让她玩下去,没别的法子,只好把她安置在咖啡厅。"正是有了这样一番说辞,所以只要有人收留她将她抚养成人,姑且也就能放心了。听了这些,我终于解开了那些谜团——她不喜欢待在家里,所以才每逢公休都到户外去玩,才老去看电影。

不过,娜奥美家的这种态度,无论是于娜奥美而言,还是于我而言,都是万幸。话一谈妥,她立刻从咖啡厅重获自由,每天都和我出去找合适的出租房。因为我上班的公司在大井町,为了尽量选个就近的便利之所,礼拜天一大清早我们就在新桥站会面,其他日子她就在大井町等我下班会合,从蒲田、大森、目黑为主的临近郊区,到市内的高轮、田町、三田一带兜兜转转、寻寻觅觅。回去前找个地方吃晚饭,要是还有时间就和往常一样看看电影,或是到银座大街闲逛,之后她回千束町的家,我回芝口的出租房。记得那时租房还没有着落,我们找不到合适的房子,就这样生活了半个多月。

那时候若是谁在风和日丽的五月的周日清晨,看到一个工薪族模样的男子和一个梳着桃瓣发髻的寒酸姑娘并排而行,会作何感想呢?男子唤小姑娘"小娜美",小姑娘唤男子"河合先生",既不像主仆,也不像兄妹,既不似夫妻,也不似朋友,彼此有些客气地交谈,询问门牌,眺望周遭风景,时不时地环顾四周的篱笆、宅邸、庭院还有路边盛开的娇艳香花。在晚春漫长的一天里,两个人幸福地走在一起,这一定是不可思议的组合。

说起花儿,我会想起她痴爱西洋花卉,知道不少连我都不知道的花名——而且她知道许多绕口的英文名字。据她说是在咖啡厅打工之时经常摆弄花瓶里的花,自然而然记住的。偶然路过一个有温室的人家,她会目光敏锐地立刻停下脚步,"哇,美丽的花!"她高兴地叫了起来。

"小娜美最喜欢什么花?"我问。

"我最喜欢郁金香!"她曾这样说过。

在浅草千束町那种杂乱的街边长大的娜奥美异常钟情辽阔的田园,就是这样才养成了热爱花朵的习惯吧!紫花地丁、蒲公英、紫云英、樱草……只要田间地头长有这些花儿,她就会迈着小碎步跑去采摘。临了,一天走下来,她手上满是采摘的鲜花,她把花分成好几束,小心地把花束带回了家。

"那些花不是已经都蔫了吗?还是丢了算了吧。"

她怎么也不答应:"没关系的,浇了水之后马上就能活过来,放在河合先生的桌子上就好了。"分别的时候,她总是把那样的花束送给我。

就这样四处寻找,也不容易找到好房子,犹豫了很久,最后我们决定租一栋非常简陋的洋房,在离大森车站十二三町[①]的省线电车线路

[①] 长度单位,1町等于109.09米。

附近。所谓"文艺住宅"的概念——那个时候还没那么流行,不过,用这种近来的词汇来表达,应该是恰当的。

红色石板铺成的屋顶坡度相当陡峭,估计占了整个房子高度的一半以上。外围像火柴盒一样用白墙包裹,上面布满长方形的玻璃窗。在正面的门廊前与其说是庭院,不如说有一块空地。

如此景象,比起居住,或许更适合作画。当然,这是理所当然的,据说原来这个家是由画家建造的,女主人是模特儿,两个人住在一起,因此房间设计得非常不方便。一楼只有一间宽敞的画室、一个小小的玄关和厨房。二楼倒有一间三叠①的房间和一间四叠半的房间,只是像阁楼上的储藏室一般,没什么用场。画室有阶梯可以通向阁楼,上面是安有栏杆的走廊,就像戏园子里的看台般,可以从扶手处俯瞰画室。

当她第一次见到这个房子的"风景"时,她大叫着"啊,好时髦啊!我喜欢这样的房子",看起来很满意。而我也因她那高兴的样子,当即把房子租了下来。

这大概是娜奥美最具童趣的想法,虽然房间布局的设计不实用,但她对这种童话插画一般、样式奇特的房子感到好奇吧!的确,对于不愿受家庭关系束缚、悠闲自在的青年和少女而言,这是个可以凭着玩耍的心态居住的好房子。之前的画家和女模特也是为了这样才住在这里的吧!事实上,若是只有两个人,光是那一间画室,应付日常起居已经绰绰有余了。

---

① 1叠等于1.62平方米。日本所说的"一叠"相当于一张榻榻米的大小,榻榻米传统尺寸90厘米、长180厘米、厚5厘米,面积为1.62平方米。三叠为4.86平方米。

三

　　大约五月下旬，我终于收留了娜奥美，搬到了那个"童话之家"。入住后并没有想象中那么不方便，阳光充足的阁楼上可以眺望大海，朝南的空地适宜建造花坛，美中不足的是房子附近偶尔会有省线的电车经过。好在中间有一小块田地，也不怎么吵。总的来说，算得上一个完美的住处。不仅如此，由于不适合普通人居住，房租出乎意料的便宜。因为那时候大体上物价还便宜，不必支付押金，一个月才二十日元，这是我特别中意的一点。

　　搬家的那天，我对她说："小娜美，以后你不要叫我'河合先生'了，叫我'让治'，之后我们就像真正的朋友一样生活吧！"当然，我也告诉父老乡亲，自己已经搬离合租的出租房，另租了一栋房子，还雇了一个十五岁的少女当女佣，但我并没有告诉他们，要和她"像朋友一样"生活。老家的亲戚很少来造访，要是真的有一天需要通知，我到时候再说就好了。我是这么打算的。

　　我们短暂地休息了一段时间，买了各种各样的家具来装饰这所奇特的新住处，那段时光很忙碌却很快乐。为了启发她的兴趣，我不论买什么都不会一个人拿主意，必定要征求她的意见，我尽可能地采纳她小脑袋里萌生的想法。这里原本就没有地方放置衣柜、长火盆等常见家具，因此可以随心所欲地做选择，按照自己喜欢的方式去设计和陈列。我们找来廉价的印度印花布，娜奥美用不靠谱的手法把它缝作窗帘，又从芝口的西洋家具店里找来老旧的藤椅啦，沙发啦，安乐椅啦，摆在画室里，墙壁上悬挂着以玛丽·毕克馥为首的美国电影女明星的写真。我还打算尽可能采用西式的寝具，不过考虑到买两张床要费不少钱，要是传统卧具还能让乡下寄过来，比较划算，最终不得不放弃西式寝具。可是，乡下给娜奥美寄来的是供女佣睡觉的卧具，所以按照惯例是蔓草纹的、又薄又硬的木棉被子。我觉得太不好意思，就说："这实在不好意思，给你换一床我的被子吧。"可她却回答："不必，我有这个就够了。"她拉起那床薄被盖上，一个人孤零零地睡在阁楼三叠大的房间。

我睡在她旁边的房间——同一层阁楼那间四叠半的。每天清晨一睁开眼，我们就在各自的房间里，朝着对方的房间说话交谈。

"小娜美，你起床了吗？"我说。

"嗯，我起了，现在几点了？"她应道。

"六点半了，今天早上我给你做饭吧！"

"是吗？昨天是我做的，今天让治做也好。"

"没办法，我煮就是。太麻烦了，要不还是吃面包应付？"

"嗯，好哇，不过让治太狡猾了。"

我们若是想吃饭，就用小土锅煮米饭，不盛到碗里，直接端到桌子上，配着罐头小菜什么的一块儿吃。要是连这都嫌麻烦，就靠面包配着牛奶、果酱挨一挨，或者吃点西式点心应付了事，晚饭多是吃荞麦面或乌冬面将就，有时想改善改善伙食，两个人就去附近的西餐厅就餐。

"让治，今天请我吃牛排嘛！"她经常这么提议。

吃完早饭，我留下娜奥美一个人去公司上班。她上午摆弄花坛里的花花草草，下午把门锁上去练习英语和音乐。因为我说学英语还不如一开始就接触西洋人，所以会让她每隔一天到住在目黑的美国老小姐哈里森女士那里学习会话和阅读，课后我在家里给她查漏补缺。我对音乐领域一窍不通，听闻一位妇女两三年前于上野的音乐学校毕业，在自己家里教钢琴和声乐，我便让她每天都去芝伊皿子上一小时课。娜奥美在铭仙和服外加了一条藏青羊绒裙裤，脚上穿着黑色袜子配双可爱的小半靴，她完全成了个女学生，一边为实现自己的理想而兴奋，一边拼命地上学。有时我在回家的路上碰见她，已经完全察觉不出她是在千束町长大的女孩儿，曾经在咖啡厅当过服务员了。在那之后她再也没把头发梳成桃瓣发髻，而是改用丝带扎起，再编成辫子垂下来。

之前我曾说是以"饲养鸟儿的情怀"收养她的，她来之后面色越来越健康，性情也渐渐有所改观，真的变成了欢欣雀跃的鸟儿。宽敞空荡的画室成了她的大鸟笼。五月末，明媚的初夏到来，花坛里的花儿色彩也跟着日益缤纷起来。日暮西沉，我从公司归家，她从练琴的地方归巢，阳光透过印度印花窗帘印在雪白的墙上，房间被照得亮堂堂的，仿若仍是白昼。她穿着法兰绒单衣，赤足趿拉着拖鞋，在地板上打着咚咚的节拍，唱起学来的歌谣。还和我玩蒙眼捉迷藏的游戏，这种时候，她会在画室来来回回地兜着圈子跑来跑去，一会儿从餐桌跨过，一会儿钻进沙发底下，把椅子翻来翻去，甚至跑上爬梯，在那个像栈道一样的阁楼走廊上像只老鼠似的窜过来窜过去。有一次还把我当作一匹马，驮着她在房间里爬行。

"驾！驾！吁——吁！"她一边说着，一边将手绢当作缰绳让我咬在嘴中。有一次我们玩乐时还发生了这样的事——娜奥美哈哈大笑着在爬梯上频繁地上上下下，高兴过了头，最终一脚踩空，从楼梯上摔了下来，一下子抽抽搭搭地哭了起来。

"喂，怎么了……哪里摔到了？让我看看！"我边说边抱起她，她还是抽抽搭搭地哼哼，卷起袖子给我看。她大概是碰到了钉子之类的东西，右臂手肘部位的皮破了，渗出了血。

"什么呀，居然为了这点事哭鼻子！我给你贴个膏药，你到这里来。"

接着贴了膏药，撕开手绢当绷带包扎时，娜奥美哭得泪眼婆娑，涕泗横流，宛如一个天真无邪的小毛孩。后来伤口不幸化了脓，五六天都没有好，每天替她换绷带时，她没有一次是不哭的。

然而，我并不知道那时自己是否已经爱上了娜奥美。是的，似乎确实是爱上了吧。我原本打算把她抚养成人，培养成一个优秀的妇人，我乐衷于此并感到心满意足。但是，那年夏天公司给我放了两个礼拜假。按照每年的惯例，我回家探亲。我将娜奥美送回到她的浅草老家，锁上大森的家门。一回到乡下，那两个礼拜让我难以忍受，寂寞、空虚、无聊。那时我第一次察觉，没有那孩子在身边竟是如此无聊吗？我不知道这是不是恋爱的开始，但我想，是的。于是，我在母亲面前敷衍了几句，提前返回东京，到达时已经是晚上十点多了，我唐突地从上野的车站打车到了娜奥美家。

"小娜美，我回来咯！路口有汽车在等着你，我们马上去大森吧。"

"是吗？那马上走吧！"

她说完让我到栅栏外面等着，不久提着一个小包袱出来了。那是一个非常闷热的夜晚，娜奥美身穿发白的、轻飘飘的，带着淡紫色葡萄花纹的平纹薄纱单衣，秀发用宽而鲜艳的朱鹭色发带扎着。那平纹薄纱的布料是我前些日子在盂兰盆节给她买的，我返乡期间，她在自己家定做了衣服。

"小娜美，你每天都做些什么呢？"

当汽车驶向热闹的广小路时，我与她并排而坐，稍稍凑近她的脸问。

"我每天都去看电影呀！"

"那么，应该是不怎么寂寞的了？"

"嗯，是没什么寂寞的感觉，不过……"她稍稍想了一下，"让治，你提前回来了呢！"

"在乡下待着也没意思，就提前回来了。果然还是东京最好啊！"

我如此说着，长叹一声，以难以言喻的心情眺望窗外大都会熠熠生辉的灯影夜景。

"不过，我觉得夏天住在乡下也不错哇！"

"乡下也得看是什么样的乡下了，我家只不过是穷乡僻壤里的普通农户，附近景色平平，也没有名胜古迹，大白天的蚊子苍蝇就开始嗡嗡叫唤，还热得受不了。"

"啊……那种地方吗？"

"就是那种地方。"

"我想去海水浴。"

娜奥美猝不及防飞来这么一句，她的语气中有一种稚儿般的可爱。

"那——我这阵子带你去凉快的地方吧，去镰仓，还是去箱根呢？"

"比起温泉还是海边更好……真想去啊！"

光听她天真无邪的声音，和以往并无差别，只是在这没见面的短短十天里，她的身体突然长开了，我忍不住偷偷摸摸地窥视那薄纱单衣下随呼吸起伏的圆润肩膀和乳房。

"这件和服很合身，请谁缝的？"过了一会儿，我问她。

"我妈妈给我缝的！"

"你家人怎么说的？没夸我式样选得好吗？"

"嗯嗯，说了哇，说料子挑得不错，就是花纹花哨过了头……"

"是你妈妈这么说的？"

"嗯嗯，是的……我家里人什么都不懂了啦！"

她带着犹如凝视着远方的眼神说："大家都说我变得和以前大不相同了。"

"变得怎样了？"

"大概是变洋气了。"

"是这样没错，我看也是！"

三 | 021

"也许是吧……他们让我再绑桃瓣发髻来着，可我不愿意就没梳。"

"那缎带呢？"

"这个？这个是我自己去神社的商店街买的。怎么样？"说着，她歪歪头，让风吹拂她清爽蓬松、不带一点油腻的秀发，露出朱鹭色的缎带给我瞧，那缎带在风中翩翩起舞。

"啊，很衬你呀，这样比日式发髻不知好多少呢！"

"哼！"

她扬起狮子鼻的鼻尖得意地笑了起来。说得难听一点，这扬起鼻尖自命不凡的狂妄笑法是她的烂德行，可在我眼里这个模样的她非常聪明伶俐。

四

　　因为娜奥美一个劲儿地央求我说："带人家去镰仓嘛。"所以，八月初我打算带她出门旅行两三天。

　　"为什么只待两三天？要是去了，不待上个把礼拜、十来天，多没意思呀！"

　　她这样说着，临走时表情里露出几分不平。我毕竟是以公司比较忙的托词从乡下赶回来的，要是穿帮了，我在母亲面前多少有点难堪。可是，我却发觉要是那样解释反而会让她感到不好意思，所以改口说：

　　"今年你先玩个两三天忍耐一下，明年我再带你不紧不慢地去别的地方玩……如何？这样可以吗？"

　　"可是，才两三天啊……"

　　"话是这么说，但你想游泳的话，回来去大森的海边游不就行了吗？"

　　"那种脏兮兮的海怎么能游泳！"

　　"别再说些莫名其妙的话，好吗？你是个乖孩子，我给你买件衣服作为补偿吧……对了对了，你不是说想要西装吗？所以我给你做套西装吧！"

在"西装"的诱惑下，她总算想通了。

到了镰仓，我们住在长谷一所名为金波楼的海滨旅馆，旅馆不怎么气派。现在想起这件事我都觉得可笑。我还怀揣着上半年奖金的大部分，原本这两三天我们没必要节俭度日。而且，我不想和她的第一次旅行说起来有丝毫不愉快，为了尽可能地留下美好的印象，我一开始打算毫不吝啬，找一流的旅馆。然而，当我们搭上前往横须贺的二等车厢时，我们就被一种胆怯侵袭了。为什么这么说呢？因为在这列开往逗子和镰仓的列车上有好多夫人和千金小姐，她们衣着华丽排成一长列，倘若挤进队伍里看一看，我的衣着尚且还看过得去，可娜奥美的就显得有些不体面了。

正处于盛夏，夫人小姐们当然也不可能打扮得雍容华贵，然而，若是将她们和娜奥美一比较，就能感受到出生于上流社会的人与一般人之间气质上有不容辩驳的差别。娜奥美与在咖啡厅当服务员时相比已经判若两人了，但是她毕竟出身卑微、教养不佳，连我都有这样感觉，她自己的感受一定更加强烈。她一直将那件葡萄花纹的平纹薄纱单衣视作非常时髦的衣服，可在那个时刻显得是多么粗俗鄙陋啊！在座的妇人之中虽然也有人穿着很朴素的泳衣，可手指上戴有闪闪发光的宝石，佩戴的装饰物也凸显出了贵气与卓越，总觉得这些彰显了她们的富有。娜奥美的手上除了如凝脂般的肌肤外，再无任何足以夸耀之处。我至今还记得，娜奥美极其羞耻地把自己的太阳伞藏在衣袖后面。按理说，那把阳伞很新潮，只是谁都看得出那是七八日元的便宜货。

因此，尽管我们异想天开打算住在三桥的宾馆或者咬咬牙留宿在海滨酒店，但一走到跟前，店门口那气派、庄重的装潢扑面而来的压迫感终究让人却步。我们在长谷的大街上来回兜了两三圈，终于到了在当地属于二三流的金波楼旅馆。

旅馆里有很多年轻的学生住宿，吵吵嚷嚷的，不得清净，所以我们每天都在海滩度日。假小子的娜奥美一看到海心情就雀跃起来，已然将火车上的诸多不快抛在脑后。

"我一定要在这个夏天学会游泳。"

她说着，紧拽住我的胳膊在浅水处吧唧吧唧地踩着水横冲直撞。我双手托住她的身体，让她趴着浮起来，又或者让她紧紧抓住木桩，抓着她的脚教她如何蹬腿，有时故意突然放开手，让她喝两口咸得发苦的海水。要是她游得厌烦了，就练习漂浮，要不就躺在沙滩上呼呼大睡或是玩沙子。傍晚时租条小船划向大海——那时她总会在泳衣外缠一条大浴巾，有时坐在船尾，有时枕着船舷仰望蓝天，毫不顾忌地高声歌唱那首她最拿手的那不勒斯船歌《桑塔·露琪亚》[①]。

O dolce Napoli,

O soul beato,

我一边痴迷地听着她高亢的意大利语女声，一边静静地划着桨，歌声在黄昏之海荡漾。"再远一点，再远一点！"她想在无际的海浪中徜徉。不知不觉天黑了，星星时隐时现地从空中俯视我们的船，四周渐渐暗下来，她包裹着白色浴巾的身影也变得模糊。但欢快的歌

[①]《桑塔·露琪亚》（Santa Lucia）是一首那不勒斯（Napoli）民歌。

四 | 025

声仍未停歇,她翻来覆去唱了好几回《桑塔·露琪亚》,接着换成了《罗蕾莱》①,再换成了《迷娘》②的其中一节,船摇慢慢,歌声袅袅……

　　这种经历,或许谁年轻时都曾有过,但对我来说是第一次。我是个电器工程师,和文学艺术之类的东西没什么缘分,很少涉猎小说,当时只想起曾经读过的夏目漱石的《草枕》③。是的,我的确记得其中有一句"威尼斯渐渐沉没,威尼斯渐渐沉没"。我和娜奥美两个人随小舟摇摆,从海上透过夜幕的暮霭朦胧,眺望陆地上的灯影,那句话便不可思议地涌上心头。莫名地,我涌出一种催人泪下、如痴如醉的心境,宛如将和她一起被放逐到未知的遥远世界中去。像我这等粗俗的男人竟能体会如此心情,待在镰仓的那三天时光绝没有虚度。

　　不,不仅如此,说实话,那三天还给了我一个重要的发现。迄今为止,我一直与娜奥美同住,但她到底有着怎样的躯体呢？露骨一点说,那一丝不挂的肉体我在之前并没有机会得知,这一次真真切切地见识到了。她头一回去由比滨的海水浴场时,穿的是前一晚专门去银座买来的深绿色泳帽和泳衣,当她这样穿着在我面前现身时,说实话,我是多么为她的四肢匀称而高兴啊！真的,我欣喜若狂。之所以如此说,还是因为她的身体曲线与我最初想象中她穿合身的和服的样

---

① 《罗蕾莱》是由海涅创作的一首叙事诗,后由弗里德里希·西尔歇尔作曲,为德国民歌。
② 取材自歌德《威廉·麦斯特尔的学习时代》的歌剧。
③ 《草枕》是日本作家夏目漱石创作的中篇散文体小说。作品讲述一位青年画工为逃避现实世界,远离闹市隐居山村,追寻"非人情"美感而经历的一段旅程。

子完全一致。

我不由得在心中欢呼："娜奥美啊,娜奥美,我的玛丽·毕克馥!你长得如此匀称,体态这般完美。你那胳膊如此柔韧!你那笔直修长的腿宛若少年!"我脑海中不禁浮现出马克·森内特①导演为人熟知的影片中泳装女郎的倩影,健康又活泼。

恐怕谁也不愿意把自己老婆的身体写得如此翔实,即使是我,堂而皇之地说起后来成为我妻子的她,将她的体态广而告之也绝不是件愉悦的事情。但如若不然,之后的事情就难以叙说,如若不然,这份记录最终将丧失留存的意义。基于以上理由,我必须如实记录娜奥美十五岁那年的八月,她立于镰仓海边的体态究竟是怎样一番风景。那时的娜奥美和我站在一起要矮一寸左右——在此先说一句,我虽然体格健壮,但只有五尺二寸高,算是小个子——然而,她骨架的显著特征是躯干短腿长,稍稍隔远一点看会觉得她比实际高很多。并且,那短小的胴体以S形深凹进去,在凹陷的最底部,充满女人味的圆翘屁股已经隆起。那时我们已看过著名的游泳明星凯勒曼小姐主演的人鱼题材电影《水神的女儿》②了,我对她说:

"小娜美,模仿一下凯勒曼的姿态。"

我说完她笔直地站在沙滩上,两手举到空中,做出"跳水"的样子,这时她若将两腿一点缝隙都没有地完全合拢,腰部以下、足踝以

---

① Mack Sennett,加拿大导演、制作人。
② 《众神的女儿》(A Daughter of the Gods),是1916年美国无声影片,澳大利亚游泳明星安妮特·凯勒曼担任主演,裸体场景较多。文中翻译为《水神的女儿》。

上的部分就会形成一个细长的倒三角。她对此颇为自得：

"如何？让治，我的腿是不是很直？"

她一边说着，一边走着看，停步瞧，将修长的腿往沙滩上一伸，自己也满意地凝望着这恰到好处的美腿。

娜奥美的另一个体态特征是由颈到肩的线条。肩……我经常有机会触碰她的肩。娜奥美每次穿泳衣时，总会说着"让治，你帮我扣上"来到我身边，让我帮她扣肩膀上的扣子。一般像娜奥美这样溜肩长脖子的人，脱下衣服都会显得很苗条，她却不同，她出乎意料地拥有厚实、丰满的肩和呼吸有力的胸。当我帮她扣扣子时，她深吸一口气，挥动胳膊，背上的肉掀起层层波浪，泳衣紧紧地包裹住那如山丘般鼓起的肩膀，已经延伸到了极限，仿佛就快绽开了。总而言之，那真是充满力量、满溢出"青春"和"美感"的肩膀。我私下里将她和周围的很多少女做过比较，觉得没有人像她这样兼具健康的肩和优雅的颈。

"小娜美，你别扭呀！你一动扣子就没法扣上了。"

一边说着，我像往袋子里塞大件东西一样捏着泳衣的一端，勉强将她的肩膀塞进去是常有的事。

我不得不说，拥有这样体格的她，喜欢运动，像个假小子是理所当然的。实际上，只要是与四肢相关的活动，娜奥美无论做什么都很灵巧。刚开始她只在镰仓学了三天游泳，之后每天在大森的海边拼命练习，就这样，她在那个夏天学会了游泳。那个夏天她还学会了划船、驾驶快艇等不少玩意儿。疯玩一天过后，太阳落山时，她也会精疲力竭地喊着"啊，累了"，带着湿漉漉的泳衣回来。

"啊——呀——我肚子都饿扁了！"

她虚脱地瘫倒在椅子上。如何是好呢？煮晚饭又嫌麻烦，就在回去的路上顺便去了趟西餐厅，两个人竞赛似的狂吃一通。牛排吃完之后再点牛排，酷爱牛排的她不由分说地在一转眼的工夫已经再点了三次单。

那年夏天的欢乐回忆如何写也写不尽，暂且打住。最后还有一件不可遗漏的事情要记录，那就是我从那时起养成了让娜奥美进浴室，用橡胶海绵给她清洗手脚、后背的习惯。因为娜奥美太困了懒得去公共澡堂，我就在厨房里用清水给她冲洗掉海水。

"喂，小娜美，你这样浑身黏糊糊的也没法睡呀！我给你洗洗，你爬到澡盆里去。"

我这么一说，她就按我说的老老实实让我帮她洗。这渐渐成了我的癖好，到了凉爽的秋季也没停止冲凉的习惯，最后我在画室的一角放了浴缸和浴室地垫，周围用屏风围起来，冬天也一如既往地冲凉、沐浴。

五

　　有些细心的读者可能会通过上节的记录内容揣测，我和娜奥美的关系已经超过了朋友。但事实并非如此。那是日久天长，在彼此心中产生的一种名为"理解"的情感吧！她尚且是个十五岁的少女，而我正如前文说的，是个对女人毫无经验的、拘谨的"君子"，不仅如此，我自认对她的贞操负有责任，因而很少会被一时的冲动所驱使，做出超出"理解"范围的事情。当然在我心中也晓得，除了娜奥美没有女人能做我的妻子，即使有，我到时候也不能为了情感将她抛弃，这想法日益根深蒂固。正因如此，我才不想以玷污她的方式，或是玩弄她的态度碰触那件事。

　　我和娜奥美第一次发生那种关系是在那之后的一年，娜奥美十六岁那年的春天，四月的二十六日——我之所以记得如此清楚，是因为那时候，不，在更早之前，在那次冲澡之后起，我会每天在日记之中记录娜奥美的诸多趣事。正是从那时起，娜奥美的体态一日日地变得像个女人，发育得越来越成熟。恰似产下婴孩的父母记录孩子"第一次笑""第一次开口说话"的成长过程一般，我也以同样的心情把引起自己注意的事情一一记录在日记上。如今我有时还会翻看，大正某年九月二十一日——也就是娜奥美十五岁那年的秋天——那篇日记上这么写着：

晚上八点，我给她冲凉。海水浴造成的晒伤还没好，只有穿着泳衣的部分是白的，其余部分都晒得漆黑。虽然我也一样，但娜奥美本来就很白，印迹格外显眼，即使全裸也像穿了泳衣似的。我对娜奥美说"你的身体变得像头斑马"，她觉得很滑稽，笑了起来……

大约一个月之后的十月十七日，那篇日记上写着：

原以为晒伤和脱皮要慢慢恢复，没想到反而长出了比以前更光亮的肌肤，美丽非常。我给她洗手臂，她一言不发，只注视着从肌肤上消融坠落的肥皂泡。"真漂亮啊！"我一说，她也跟着说："真的很漂亮！"接着她又补了一句："我说的是肥皂泡！"

下一篇是十一月五日——

今晚头一次用浴缸。娜奥美因为不习惯，在哧溜哧溜的水中滑来滑去，哈哈大笑。我说她是"大Baby"，她叫我"Papa"……

是的,从这里开始,"Baby"和"Papa"在后文中屡次出现。当娜奥美要央求什么、撒娇磨人的时候,总是戏谑地叫我"Papa"。

"娜奥美的成长"——我在那本日记上添上了这样的标题。不必多言,我只记了和娜奥美相关的事情。不久,我买了照相机,终于能从各种各样的光线和角度拍下她越来越像玛丽·毕克馥的脸,在日记中贴得到处都是。

日记有点把话扯远了,总之,依日记看来,我和她之间的关系变得不可分离,是在我们来到大森第二年的四月二十六日。在我俩之间早已产生了不必言语的"理解",不存在哪一方勾引哪一方,一句话都没说,就极其自然地发生了。事后,她的唇附在我耳边说:

"让治,你一定不要抛弃我唷!"

"抛弃什么的……绝不会有这种事,你放心吧!小娜美一定懂我的心……"

"嗯,我知道,只是……"

"那么,你是从什么时候开始知道的?"

"啊,什么时候开始的呢……"

"当我说要收留你、照顾你的时候,小娜美是怎么想我的?你想到我打算将你一步一步培养成优秀的女性,还想和你结婚了吗?"

"这,我是想过你可能有这种打算,只是……"

"那么,小娜美来这里也做好了当我妻子的准备吧!"

然后我不等她回话,用尽全力抱着她继续说:

"谢谢你!小娜美,真的感谢,你这么理解我。我到现在才实话实说……你居然和我理想中的女性如此的……如此相像,这是我没有预料到的。我的运气真是太好了。我会一辈子疼爱你……只疼爱你。我绝不会像俗世里的夫妻那样来糟蹋你。我是为你而生的，请真心实意地相信我！不管你的愿望是什么，我都会听，你也要多学些学问，成为一个优秀的人。"

"嗯，我会努力学习的，我一定会成为让治欣赏的女人，一定……"

娜奥美的眼里流出了泪水，不知何时我也哭了。那一整晚我们两个人不厌其烦地谈论着未来。

那之后不久，礼拜六下午和礼拜天我回到乡下，头一次和母亲提起了娜奥美。我尽可能地抓紧时间向母亲报告，一是为了让娜奥美安心，她很担心我家里的想法，二是我也想光明正大地处理这件事。我用老年人也能接受的理由诚实地叙述了我关于"结婚"的想法，说明了为什么想让娜奥美当我的妻子。母亲一直以来都很了解我的性格，也很信任我，只是说：

"你既然有这样的打算，这孩子也不是娶不得，只是她那个家庭怕是易生事端，日后你要小心，不要惹出麻烦来。"

最关键的结婚是两三年之后的事，但我想尽快让她在这里入籍。我直接跟千束町的人打了招呼，本来她的母亲和哥哥也对此毫不在乎，没出什么岔子，很顺利地办好了。虽然毫不在乎，但看起来也不是心术不正的人，没有贪得无厌地提任何要求。

在那之后，我和娜奥美的亲密进展之迅猛是不言而喻的。表面上我们还是像朋友一样相处，世上的人不知道我们已经是法律上不忌惮任何人的夫妻了。

"喂，小娜美！"我有一次这么喊她。

"今后我也要和你像朋友一样过下去，无论到何时……"

"那，你能无论到何时都叫我'小娜美'吗？"

"这是自然，还是你希望我称你'太太'？"

"才不要呢，我……"

"那就叫你'娜奥美小姐'吧？"

"我不喜欢'小姐'这种称呼，还是喜欢你叫我'小娜美'，在我让你称我为'小姐'之前，不要那样叫我。"

"这么说，我也永远是'让治先生'咯！"

"这是自然的啦，除此之外也没别的称呼了呀！"

娜奥美仰躺在沙发上，手持一朵玫瑰，不住地贴在嘴唇上玩弄，这时她突然说："是吧，让治先生？"说完，张开双手，放开了那朵花，抱住了我的脖子。

"我可爱的小娜美。"我被她紧紧抱住，近乎窒息地从衣袖下面发出声音，"我可爱的小娜美，我最爱你，甚至崇拜你！你是我的宝物，你是我亲自发掘、精雕细琢的钻石。所以为了让你成为美丽的女人，我什么东西都给你买！要我把工资全交给你也没问题！"

"好了，我不会那么做的。比起那种事，我只想更努力地学习英语和音乐。"

"啊，学吧，学吧，我马上给你买钢琴。这样就能出落成在洋人面前也不会出丑的淑女了，你一定能做到。"

——我屡屡使用"就算在西洋人面前""像西洋人一样"之类的言辞，她对此很是受用：

"怎么样？这样做，我的脸像不像西洋人？"

她常常一边说着这种话，一边在镜子前摆出各种表情。看电影时，她会格外留意女演员的动作，像毕克馥是这样的笑法、皮娜·梅尼凯莉①是这样的眼神、格拉汀·法拉②的头发总是扎成这样……如此云云，到最后她沉醉其中，连头发都弄得乱七八糟，一边把它们弄成各式各样的发型一边模仿。她真的很擅长瞬间捕捉到女演员的习惯和感觉。

"真是妙啊！演员也模仿不来的，定是因为你长了一张酷似洋人的脸。"

"也许是这样，到底是哪里像了？"

"是鼻尖和齿列的缘故。"

"啊，这口牙？"

她像说"衣——"一样张大嘴，对着镜子望着齿列。那真的是一口排列整齐、光洁如瓷的漂亮牙齿。

"毕竟你长得不像日本人，要是穿普通的日本和服就乏味了。要不干脆穿洋装，就算是穿和服也要穿特立独行的！"

"那，什么是特立独行的呢？"

"以后女人会越来越活泼，我觉得你不能再像以前一样穿沉闷拘束的玩意儿了。"

"我穿窄袖和服，系宽腰带也不行吗？"

"窄袖自然也不错，其实穿什么都可以，就是要尽量看起来式样新奇啦！有没有一种式样既不像日式，也不像中式或是西式呢……"

---

① 意大利女演员，在默片银幕时代很有名，代表作有《卡比莉亚》。
② 美国歌剧女高音及女演员。

"要是有的话,你会给我做吗?"

"嗯,当然要给你做!我想给小娜美做成千上百的衣裳,让你天天都能换来换去地穿给我看。不必非得是御召缩缅①那样的高价料子,美丽奴②和铭仙有一大堆,关键是要设计得出人意表!"

末了,我们经常一起去各处的绸缎庄和百货商场搜罗布料。尤其是那段时间,几乎每个礼拜天我们都得去三越和白木屋③。总而言之,一般的女装无法让娜奥美和我满意,要找到心仪的花样也不容易,想着寻常的绸缎庄找不着,我们还去了印花布店、床上用品店还有卖西装布料的商店。我们甚至专门去了横滨,在华人街和面向外国人的布庄花了一整天时间到处打听,两个人都累得筋疲力尽,两条腿钝得像棒子一样,尽管如此,还是一家接一家地搜寻。路过也没有半点倦怠,眼睛时刻留意洋人的姿态和穿着,注意每个地方的橱窗,偶尔发现新奇的东西,她就大叫着"啊,那个布料怎么样",立刻走进那家店让人家把橱窗里的布料拿出来。她拿着布料往身上比画,布料从下巴一直垂到下面,有时还要裹在身上反复观摩——就算只问价钱什么都不买,对我们两个人来说也是非常有趣的游戏。

最近一段时间,日本妇女用乔其纱④、巴厘纱⑤还有棉巴厘纱等

---

① 一种传统和服中使用的面料,将数根生丝对齐成一束,再用捻紧的生丝织成。
② 美利奴(Merino)羊是从澳大利亚的美利奴种绵羊身上提取、加工的顶级羊毛纤维。
③ 两家都是百货公司。
④ 乔其纱(Georgette)是以强捻绉经、绉纬制织的一种丝织物,来自法国。
⑤ 巴厘纱又称"玻璃纱",英文名"voile",纺织服装面料中的一种,是一种用平纹组织织制的稀薄透明织物,属于机织物。

布料制作单衣开始变得稀松平常，一时间成了流行，我们在第一时间觉察到了这一点。娜奥美意外地与这些布料很相称。但这些料子又不能做成正统服饰，只好做成窄袖、睡衣、睡袍之类的款式，又或是直接把布料裹在身上拿胸针固定住。这些样子只在家中来回走动，在镜前沉醉欣赏，又或是摆出各种造型拍摄一番。白色的、玫瑰色的、淡紫色的、像纱一样透明的……被这些衣服包裹住的她的身躯，恰似一朵鲜活的大轮花，美艳不可方物，我一边说着"摆成这个姿势让我看看，摆成那个姿势让我看看"，一边抱起她，推倒她，让她静坐，让她行走，我可以这样欣赏好几个钟头。

这么一折腾，她的衣裳一年时间增加了好多。她自己的房间根本放不下，慢慢地她也就随手一挂，或者干脆揉成团扔在一旁不管。买个衣柜当然不错，但我又想到买衣柜的钱可以用来多买好几套衣服——买衣服才是我们的爱好，衣服本身并用不着小心保存。数量的确不少，可都是便宜货，放在旁边想穿伸手就够得到，非常方便，也可以当作房间的装饰。所以，画室俨然成了剧院的更衣间，椅子上、沙发上、地板的犄角旮旯，甚至爬梯的中间、阁楼平台的扶手上，甩得到处都是。这些衣裳不怎么清洗，她习惯光着身子缠着这些料子，件件都很脏。

这堆积如山的衣服大都是奇装异服，能穿出门的只有一半。娜奥美很喜欢一套缎子做的夹衣和配套的羽织[①]，常常穿到外面去。缎子其实掺了棉花，羽织和和服都是纯虾色的，草鞋的鞋带和羽织的系绳也

[①] 日本人穿的一种长至膝部的短和服外褂，与大衣类似。

是虾色的，其他的部分，无论是翻领、腰带、带扣还是裹衣的内衬、袖口、镶边，无一例外是淡蓝色。腰带也是棉缎做的，做的是又薄又窄的款式，系的时候能使胸脯高耸傲人。她说想在衬领用类似缎子的布料，我又给她买了缎带配上。娜奥美穿着它出去多是晚上看戏的时候，当她穿着这身闪闪发光，绚丽非常的衣服行走在有乐剧场和帝国剧院的走廊上时，谁都会回头多看她两眼。

"那个女人是谁？"

"好像是演员？"

"好像是混血儿？"

我和她听着这样的私语，得意扬扬地流连在那里。

只是，连那件和服都惹人非议，更何况是更夸张、更古怪的衣服，即使娜奥美再怎么渴求风格多变，也不能穿到外面去。那些衣服实际上不过是房间中的容器罢了，可以让我将娜奥美装入其中便于观赏的容器。就像把一朵美丽的花儿插进许许多多的花瓶里观赏一样。对我来说，娜奥美既是妻子，又是世上罕见的人偶和装饰品，所以不必对我的行为感到惊讶。她在家里几乎没有正经的装束。受到美国电影中男装的启发，我让人用黑色天鹅绒给她做了三件套西装，这恐怕是她最昂贵、最奢侈的室内装了吧！她穿上这一套，再把头发一圈圈盘起来，带上鸭舌帽，那姿态有一种猫儿的妖冶。夏天自不必说，就算是冬天，我也时常在房中点上暖炉，与只穿了宽松的睡袍或是一件泳衣的她一同嬉戏。以中国的绣花鞋为首，她的鞋子多得不得了，光是拖鞋就有好多双。她通常不穿袜子，总是赤脚穿鞋子。

六

当时,我并没有放弃最初的希望,一方面顺着她,让她做所有喜欢做的事,另一方面对她进行充分的教育,让她成为一个优秀的、出色的女人。细细地品味所谓"优秀""出色"的意思,我自己也弄不清楚,简而言之,我的想法非常单纯,脑子里只有一个模糊的概念,那就是"置于何地都不会有失颜面的摩登女郎"。能不能在将娜奥美培育成"优秀的女性"的同时,"像对待人偶一般珍惜"她呢?这两者能否并存呢?如今想来真是愚蠢至极……当时的我被她的爱迷得晕头转向,连如此浅显的道理都想不通。

"小娜美,玩就是玩,学习就是学习。只要你变得优秀,我还会给你买许许多多的东西喔!"我常将这当作口头禅挂在嘴边。

"嗯,我要好好学习,一定要成为优秀的人。"

只要我那么说,她必会这样答。每天吃过晚饭,我都会辅导她三十分钟左右的英语会话和阅读。这种时候她通常穿着黑色天鹅绒的睡袍,脚尖将拖鞋当作玩具拨弄,身体始终靠在椅子上,我嘴皮子都说破了,可她到最后还是把"玩耍"和"学习"混为一谈。

"小娜美,你这像个什么样子!学习的时候一定要坐得端端正正！"

听我这么说，娜奥美耸耸肩，发出像小学生一样娇滴滴的声音说："老师，对不起。"

要不就是："河合老师，请原谅我。"

一想到她会偷偷摸摸地看我的脸，有时还会突然戳我的脸颊，"河合老师"也丧失了训斥可爱学生的勇气，严厉的叱责到头来变成了淘气的恶作剧。

我对娜奥美的音乐学习进展不甚了解，但她的英语从十五岁起学了快两年了，又得到哈里森女士的亲授，原本应该是很好的。阅读从第一册开始学，到现在第二册也学了一半以上了，会话部分用的教材是《英语回响》（English Echo），语法部分用的教材是神田乃武的《中级语法》（Intermediate Grammar），相当于初中三年级的水平。可无论我怎样偏袒她，恐怕把娜奥美放在二年级里都得归于差生的范畴。我觉得难以置信，不可能是这样，我曾为此拜访过哈里森女士，可她说：

"不，没有那种事情，那孩子是很聪明的孩子，会好起来的。"和善的胖老姑娘只是这样微笑着回复我。

"是的，那个孩子是个聪明的孩子，但我觉得她的英语还不是很好。读是能读，但是要翻译成日语，或者解释语法就……"

"不，这就是你的不对了，你的想法有问题。"老姑娘保持微笑的面容打断了我的话，"日本人都觉得语法和翻译很重要，但是这是最糟糕的。你学英语的时候决计不能在脑子里思考语法，也不能老想着翻译。坚持一遍又一遍地读英语是最好的办法。娜奥美小姐的发音很漂亮，读得也很流利，今后一定会好起来的。"

老姑娘说的的确有些道理。但我的意思并不是要把语法里的规则系统化地记下来。她已经学了两年英语，阅读部分已经念到了第三册，至少过去分词的用法、被动语态的组合还有虚拟语气的运用方法这种程度的东西应该懂得才是。我确信她是理解了的，但是一让她试着做日文英译，就完全连不成句子，恐怕还不如初中的差生。她朗读得再好，也无法提高实际水平。真不晓得这两年哈里森教了些什么，她又学了些什么。但是老姑娘并没有在意我那不满的表情，而是以非常安心的态度点点头，落落大方地反复说："那个孩子很聪明。"

这虽是我的想象，但我总觉得外国老师对日本学生有一种偏袒。偏袒——要是这个讲法不太好那就算是我先入为主吧！也就是说，他们一看到那些洋气的、时髦的、可爱的少男少女，不管三七二十一，就觉得这孩子聪明伶俐。哈里森小姐频频称赞娜奥美就是这个缘故，她从一开始就已经认定她是个"聪明的孩子"。更何况娜奥美的发音正如哈里森小姐说的那样，非常流畅。总之，娜奥美齿列整齐，声乐素养非常高，如果光听她的声音，就会觉得她很漂亮，英语也很好，我简直不敢靠近她。因此，哈里森小姐恐怕是被那声音欺骗，才会完全被折服了。说起这位小姐有多喜欢娜奥美，我都惊呆了——这位小姐的房间里可以看到化妆台上的镜子周围装饰着很多娜奥美的照片。

我内心对哈里森的意见和教学方法非常不满，与此同时，我又为了洋人如此偏袒娜奥美、夸奖她聪明而感到喜不自胜，她说中了我的心思，我好像自己被夸奖了一样。不仅如此，本来我——不，不只是我，日本人大概都是这样——一到洋人面前就不自信，没有好好说出

六 | 041

自己想法的勇气。结果,哈里森一用那音调奇怪的日语义正词严地喋喋不休,我这边该说的话也说不出口了。我心中暗想:不管怎么样,对方既然这么说,我就按自己的方法来,教学不足的地方自己在家里给她补上就好了。

"嗯,的确如此,您说的没错。我现在明白了,这下就安心了。"我说了些含混的恭维话,面带奉承的微笑,就这样笨嘴拙舌地无功而返了。

"让治,哈里森老师说了些什么?"

那天晚上,娜奥美问我。她的语气怎么听都是仗着老小姐对她的宠爱在一探究竟。

"虽然她说你掌握得很好,但是洋人不懂日本学生的心理。将发音优美与可以流畅朗读相提并论,这是大错特错的。你的记忆力的确很好,所以你很擅长背诵,可是让你翻译你就抓瞎。这和鹦鹉有什么分别?再怎么学也是白搭。"

那是我第一次对娜奥美厉声痛斥。她将哈里森当作她的后盾,自鸣得意的嘴脸激得我大动肝火,像是在说"我早就知道是这个结果"。不仅如此,还让我非常担心这样下去她是否真的能成为"优秀的女性"。即使把英语撇到一边不谈,语法规则都不能理解,这样的脑子真让人担心她的未来。男孩在初中学几何、代数是为了什么,未必是出于实际运用的目的,而是以锻炼头脑,使其缜密、精练为目的。眼下的女孩没有这样的脑子还不要紧,但今后女性不会是这个样子。更何况想要成为"不亚于西洋人"的"优秀"女人,却没有组织才能,没有分析能力,真是令人担忧。

我多少有些固执，以前只不过温习三十分钟左右，这之后每天都要给她讲一个小时或者一个半小时以上的日文英译和语法。而且那段时间我毫不留情地斥责她，完全不允许她有半点游戏的心思。娜奥美最欠缺的是理解力，所以我故意刁难她，不告诉她细微的知识点，只给一点提示，然后引导她自己思考。比如学到语法中的被动语态，我会马上给她出一个应用题。

"来，把这个翻译成英语给我看。"我对她说。

"只要你理解了我刚刚说的内容，就不可能做不出来。"

说完之后，在她得出答案前，我会一直保持沉默，耐心等待。即使她的答案不对，我也不会指出错在哪里，只是让她重做，一次又一次对她说："你搞什么，这不是没理解吗！你再看一遍语法。"如果她还是做不出来，我也会在不知不觉中过分投入而大声呵斥：

"小娜美，怎么这么简单的题都做不出来！你都多大年纪了……老是在同一个地方错了又错，错了又错，连这都不懂，到底有没有带脑子！哈里森说你聪明伶俐，我可不这么认为哼！这都做不出来，去学校也是差等生！"

她听了之后，脸一下子鼓起来，最后常常一抽一抽地哭泣起来。

平时她笑我也笑，两个人的关系很好，从未发生过争执，可以说是世间关系最和睦的一对男女……然而，一到英语课，两个人都感到沉闷不已，令人窒息。每天我非得生气一次，她非得怄气一次，不知不觉两个关系那么好的人，一时间都瞪大了眼睛用几乎含着敌意的眼神瞪着彼此——实际上我一到那种时候，就忘记了自己的初衷是让她变得更优秀。她太不懂事了，我开始从心里讨厌她。要是她是个男

六 | 043

孩子，气急了我也许会一口咬死这个笨蛋。即使我没这样做，忘乎所以的时候也会一直歇斯底里地骂她"笨蛋"，有一次甚至用拳头在她的额头附近咚地擂了一下。一旦我这么干，娜奥美也会故意和我对着干，即使是会做的题也绝不开口回答，一边饮泣吞声，一边像块硬石头似的沉默到底。娜奥美一旦闹起别扭来就格外倔强，难以收场，最后我打了退堂鼓，就这样不了了之了。

有一次还发生过这样的事情。像"doing""going"这样的现在分词，前面必须要加助动词"to be"，我教了她无数次她还是不懂。另外到现在她还会犯诸如"I going""He making"这一类错误，我很生气，连声骂她"笨蛋"，之后又细细为她讲解，讲得我嘴都酸了。我讲解完让她将"going"分别变形成过去时、将来时、将来完成时、过去完成时等时态，荒唐的是她还没弄明白，照旧写出了"He will going"，还有什么"I had going"。我无意识中猛地大力拿铅笔敲着桌子骂：

"傻瓜！你怎么这么傻！绝没有人会说什么'will going''have going'，我说了那么多次，你还不明白吗？要是不会做，就做到你会做了为止。今天就算要通宵，只要你做不出来，我绝不饶你！"

我把那本练习册推到娜奥美面前，她紧抿着嘴唇，脸色铁青，双眼用犀利的目光盯紧我的眉心。我一愣，她想做什么？突然她抓起练习册，撕得稀烂，啪的一声扔到地板上，再度以可怕的眼神瞪着我的脸，感觉她恨不得在我脸上戳出个洞。

"你干什么！"

一瞬间，被猛兽般的气势压得抬不起头来的我，过了一会儿才这么说。

"你是想反抗我吗？你以为学不学习都无所谓吗？说要努力学习，成为优秀的女人，那你这又是什么意思？撕碎本子想干吗？啊？给我认错，不认错我就不饶你！你今天就离开这个家！"

可是，娜奥美还是倔强地沉默着，在那张铁青的脸的嘴角上，浮现出哭泣般的浅笑。

"好！你不认错也可以，现在、立刻给我离开这个家！我叫你滚出去！"

我想要是我不给她点颜色瞧瞧，她就不知道我的厉害，我一下子站起来，把她脱下来的换洗衣服拿了两三件，麻利地团成团，包在包袱里，从二楼的房间里拿过钱夹来，扯出两张十日元钞票，递给她，说：

"喂，小娜美，这个包袱里是你的贴身衣物，你今晚拿着这个回浅草去。这里还有二十日元。虽然不多，给你当零花钱。反正过后会和你说个清楚，明天再把你的行李送过去……咦？小娜美，你怎么了，怎么不开腔呀……"

我这么说，她也还是固执得不肯认错，毕竟还是个孩子。面对我难得一见的怒火，娜奥美显得有些胆怯，到了这时她才后悔似的垂下脖子，变得小小的。

"你的确很固执，但我的话一旦说出口，也绝不会就此罢休。如果你觉得自己做错了，就认个错，如果不愿意，那就回去吧。来，你要选哪一种？快来做个抉择吧！认错吗？还是回浅草？"

她摇摇头，传达出"不"的意愿。

"那么,你是不想回去咯?"

像说"嗯"一样,她这次点了点头。

"那么,你认错吗?"

"嗯。"

她又点了点头。

"那我就原谅你,你要双手扶地给我赔不是。"

娜奥美没办法,只好把双手放在桌子上——尽管如此,她还是带着一股瞧不起人的意味,懒懒地面向一旁行礼。

这种傲慢又任性的本性是她天生的还是我娇纵过度的结果呢?总之,随着岁月的流逝,这种苗头渐渐冒了出来。不,这苗头也许不是最近才抬头的,在她十五六岁的时候我将这看作孩子的可爱之处放过了,如今她长大了也无法终结,我渐渐力不从心了。以前不管怎么胡搅蛮缠,只要听到我斥责,她就会束手就擒,但现在只要有一点不如意,她就马上气鼓鼓的。就算是这样,如果她抽抽搭搭地哭泣也还是很可爱的,可有时候我再怎么严厉地训斥,她也不掉下一滴眼泪,只是令人生气地假装听不到,她翻着上眼皮,那双锐利的眼睛仿佛要扫射我一样,目不转睛地盯着我——我总这样想,如果生物真能放电,娜奥美的眼里肯定有十万伏特的电压。她的眼睛炯炯有神,不像是女人的,充满了一种深不见底的魅力,被她瞪一下子,有时会让人不寒而栗。

七

那时，我的内心感到失望和爱慕，这两种矛盾的情感相互交织纠缠，激烈地斗争着。自己做错了选择，娜奥美不像自己期待的那么聪明——这个事实我再怎么偏袒她也无法否认，培养她未来成为一名优秀女性的愿望现在完全成了白日梦，我到现在才恍然大悟。（果然教养下等人毫无指望，千束町的妞只配在咖啡厅当服务员，接受不合身份的教育也无济于事）——我发自内心地升起了这种放弃的念头。可是，在我对她失望透顶的同时，她的肉体越来越吸引我。是的，我专门用了"肉体"这个词，因为吸引我的是她的皮肤、牙齿、嘴唇、头发、眼睛，以及她一切其他姿态的美，绝不包含任何精神层面。换句话说，她在头脑方面背离了我的期待，但在肉体方面却越来越符合我的理想，不，她的美更胜一筹，已经超出了我的期待。"蠢女人""不可救药的家伙"，我越这么想就越被她的美色诱惑。这对我来说实属不幸之事。我渐渐忘却了自己要"栽培她"的单纯初心，倒不如说正在一点点地被拉往完全相反的方向，意识到不能这样的时候，已经无法自拔。

"世上之事，不如意者十之八九。我原打算将娜奥美培养成内在美与外在美兼备的美人。现在，精神层面的内在美培育的确是失败了，可肉体层面的外在美不是取得了非比寻常的成功吗？自己并没有想到她的外在会变得这么美。这样看来，外在的成功已经弥补了内在的失败，不是吗？"

——我勉强自己这样想，调整心态让自己知足。

"让治先生最近在英语课上没怎么'笨蛋，笨蛋'地骂我呢！"

娜奥美很快读出了我内心的变化。她做学问不行，察言观色却相当擅长。她在这方面堪称敏锐。

"啊，说得太过分反而会让你赌气，我觉得效果不好，决定改变方针。"

"啧。"

她冷笑一声，

"那是自然。你那么没来由地胡说八道，我绝对不会听你瞎说。我呀，实际上，那些问题基本上都想好了，只不过呢，我想故意为难让治才假装不会做，让治先生你难道不明白？"

"哟，真的吗？"

我明明知道娜奥美在虚张声势，她不服输才这么说，还是故意装作大吃一惊。

"那当然啦。那种题没有谁不会做吧！只有你才当真以为我做不出来，让治才是大傻瓜！我每次看你怒不可遏，都在心里哈哈大笑。"

"真是没想到啊，我上了你的大当了。"

"怎么样？我比你聪明一点吧？"

"嗯，太聪明了，我比不上小娜美。"

于是她得意起来，捧腹大笑。

各位读者，在这里我突然要说件怪事，听了请不要笑。我上初中时，在历史课上听过安东尼①与克丽奥佩托拉②的故事。各位估计都知道这个故事，那个安东尼在尼罗河上迎接奥古斯都③的军队，双方进行海战之时，跟着安东尼的克丽奥佩托拉一看形势不妙，就中途调转船头逃走了。然而，当安东尼看到这位薄情的女王驾船离开抛下自己时，不顾危急存亡，他抛下战争立刻跟在女人后面狂奔而去——

"各位，"历史老师当时和我们说了这么一段话，"这个安东尼跟着女人屁股后面转，为此丧失了性命，从古至今无人愚蠢至此，这实在是古今未闻的笑柄。哎呀呀，倘使英雄豪杰也沦落至此……"

老师这样说很滑稽，学生们一边望着老师的脸一边哈哈大笑。不必多言，我也是这些学生中的一员。

但重要的是我当时不明白，安东尼这个蠢蛋为什么会迷上这么薄情的女人。不，不单是安东尼，他之前还有恺撒大帝，那样的豪杰也在克丽奥佩特拉蒙骗下失了颜面。这样的例子还有很多。如果探寻一下德川时代的诸侯之乱和一个国家的治乱兴废的历史，就会发现背后一定有个厉害的妖妇伺机设套。一旦被这种阴险又巧妙的圈套套住，

---

① 马克·安东尼（Marcus Antonius，约公元前83年1月14日出生于罗马，逝世于前公元30年8月1日）是一位古罗马政治家和军事家。
② 通称为"埃及艳后"。
③ 原名盖乌斯·屋大维·图里努斯（Gaius Octavius Thurinus），是罗马帝国的开国君主。

是不是谁都无法逃脱呢？我总觉得并非如此。即使克丽奥佩特拉是一个多么阴险狡诈的女人，也不可能比恺撒和安东尼更有智慧。即使不是英雄，只要留意她是否真心实意，就应该能够洞察到她说的话是不是谎言。我暗自想：明明知道自己在葬送一生还要被骗，说得过分一点这就是窝囊。如果事实果真如此，英雄也许没有什么了不起的。马克·安东尼是"古今未闻的笑柄"，他直接坐实了老师所说的"从古至今无人愚蠢至此"的批评。

我至今还会想起当时老师的话，想起自己和大家一起哈哈大笑的样子。每每想起，都深感今天我已经丧失了嘲笑的资格。因为我已经懂了罗马的英雄沦落成蠢蛋的原因，安东尼这样的人物为何一下子就坠入了妖妇的圈套，那种心情我如今不仅能点头赞同，甚至不禁对他同情起来。

人们常说"女人骗男人"。但是根据我的经验，女人绝对不是一开始就"骗"男人。最初是男人主动喜欢"被欺骗"，男人一旦痴恋女人，不管她说的话是真是假，在男人的耳朵里都是可爱的。偶尔女人流着眼泪靠近男人的怀里，男人总爱展现自己的气量，想着：

"哈哈，这家伙想用这样的手段来骗我呀。你真是个又可笑又可爱的家伙，但我已经知道你的心思了。机会难得，就让我被你骗一次吧！好了好了，我要中计了……"

可以说，男人就像哄孩子高兴一样，故意上当。因此，男人不会被女人欺骗，反而是男人在欺骗女人，我这样想着，在心里笑了。

我和娜奥美恰好就是这想法的证据。

"我比让治你更聪明呢！"

娜奥美如此说,她觉得自己已经骗过了我。我扮作傻瓜,装成被她骗了。与其把她那浅陋的谎言戳穿,倒不如让她得意忘形,看着她那高兴的表情,也许自己也非常高兴。不仅如此,我甚至有了慰藉自己良心的理由。即使娜奥美不是聪明的女人,让她有聪明的自信也并不是件坏事。日本女人最大的缺点就是没有坚定的自信,所以她们看起来比西方的女人更畏缩怯懦。评价现代美女的标准,比起容貌更重要的是才气焕发的表情与态度。纵使算不上自信,只是单纯的自负也无所谓,深信"自己是聪明的""自己是美人",最终会让那个女人变成美女——正因我如此考量,故而不但没有戒掉娜奥美自以为是的毛病,反而火上浇油,越弄越糟了。我总是很快被她欺骗,她的自信也日益增强。

举个例子,我和娜奥美那时经常玩军棋和扑克,要是我认认真真地玩本来是可以赢的,可我总是尽量让她赢,渐渐地她意识到"自己是比赛的常胜将军",常以完全瞧不上我的态度挑衅我。

"来吧,让治,我们来一局,让我将你一举击溃!"她常说类似这样的话。

"哼,那就来一场复仇战吧!什么嘛——只要我认认真真和你玩,才不会输给你。我只不过看你是个孩子,不知不觉疏忽了……"

"算了吧你,赢了再吹牛皮吧!"

"好,我来了!这次我一定要赢你!"

我这么说着,却采取了更加拙劣的手段,再度输给她。

"怎么样,让治先生?输给孩子不甘心吧……你已经不中用了,再也无力抵挡我的攻势。啊,这可如何是好?一个满了三十一岁的大男人竟在这等游戏上输给一个十八岁的孩子，你这压根就是不会玩哪！"

然后她愈发得寸进尺，嘲讽我"年纪大不如脑子灵"，还说什么"自己傻，不甘心也无法"，说完还要"哼"一声，再照例扬起鼻尖，狂妄自大地冷笑。

但是，可怕的是事态后来的进展。我一开始为了讨好娜奥美才输给她，至少我自己是这样认为。然而随着这渐渐成为一种习惯，娜奥美真的树立起了强大的自信，后来无论我如何严阵以待，都无法再赢过她。

人与人的胜负并非只取决于理智，其中还有"气势"一说。换句话说就是"生物电"。在赌局中更是如此，当娜奥美和我决战时，一开始她就在气势上压倒我，以惊人的势头进攻，我这边被逐步逼近，完全动弹不得，最后因胆怯落败。

"这样的局多没趣儿，我们赌点什么吧？"

最后，娜奥美尝到了甜头，不赌钱就不玩了。于是我逢赌必输，越输越惨。娜奥美养成了一文钱不带的毛病，十日元、二十日元，她自己随便制定单位，尽情地攒零花钱。

"哎呀，有三十日元就能买到那件衣服……我们来玩一把扑克吧！"

她一边说着一边向我挑战。偶尔她也会输，这种时候她就会耍滑头，要是真想要那笔钱，她无论如何，非赢到手不可。

娜奥美为了随心所欲地动"手"，一决胜负时通常会穿宽松的长袍，还故意找那种松松垮垮的随便往身上一裹。一旦势头不妙，她就化作荡妇淫娃,敞开衣领探出腿。要是这样都不行,她就趴在我膝头轻抚我的脸,轻捏我的嘴不住地晃动,想方设法色诱我。我实在是怕了她这一"手"。尤其是她的最后一手……这里我有些难以下笔……总之一旦被她俘获,脑子就不知所以地化作了糨糊,瞬间眼前一黑,比赛什么的早已抛到九霄云外去了。

"太狡猾了,小娜美,你这么做……"

"不狡猾呀,这也是一招嘛。"

我的视线渐渐模糊,几乎神志不清了,只听见娜奥美的声音,只有娜奥美的满脸娇媚隐约可见。那张脸上浮现出诡异的嗤笑……

"太狡猾了,太狡猾了,扑克里哪有这一手……"

"呵,有什么不可以的,女人同男人比赛,就是要玩五花八门的花招呀!我在别的地方也见过唷!我小时候在家里就看见姐姐和男人玩花牌的时候玩弄了不少花招。扑克和花牌还不是一回事!"

我想,安东尼被克丽奥佩特拉征服,也就是在这种情况下逐渐失去了抵抗能力,堕入情网。让心爱的女人有自信是一件好事,结果却令自己失去了自信。男人已经无法轻松地战胜女人的优越感,由此还会生出意想不到的祸端。

八

　　娜奥美十八岁那年秋天，九月初某个秋老虎肆虐的傍晚。那天公司比较闲，我提前一个小时下班，回到大森的房子，当我走进院子的时候，意外地看到一个陌生的少年正在和娜奥美说着什么。

　　少年年纪和娜奥美差不多，我估计至多不超过十九岁。他穿着白底蓝花棉布单衣，头戴配有缎带的美式草帽，边用木杖敲自己的木屐尖边说话。那是个红脸浓眉、五官周正、满脸痤疮的男孩。娜奥美蹲在男孩的脚下，躲在花坛的树荫下，看不清是什么表情。只能隐隐约约从百日草、花魁草还有美人蕉的花丛间看见她的侧脸和头发。

　　男孩一注意到我立马摘下帽子，点头示意。

　　"那么，下次再聊！"他回头对着娜奥美说，然后立刻朝门走去。

　　"好，再见啦！"娜奥美也跟着站了起来。

　　娜奥美说完"再见"，男孩也背对着我甩了句"再见"，经过我面前时，他把手放在帽子的边缘，遮住脸离开了。

　　"那是谁？那个男的。"

　　与其说我是嫉妒，不如说我是带着一种轻微的好奇心在问她，感觉"这真是不可思议的场面"。

"啊？那是我的朋友啦，叫作滨田……"

"你什么时候交上朋友了？"

"好早以前了……那个人也在伊皿子学声乐。虽然脸上满是痤疮，很恶心，但他歌声很动听，是个很好的男中音。前一阵的音乐会上我还和他一起表演了四重奏呢！"

不提人家脸上的缺点也可以的，我突然起了疑心，看了看她的眼睛，发现她的举止很稳重，和平时没什么两样。

"他经常来玩吗？"

"不，今天是他第一次来，说是来附近才顺便过来的。他说要开一家社交舞俱乐部，让我一定要参加。"

虽然我多少有些不高兴，但是细细听来，那个少年完全是来说这件事的，我想这并不是谎言。他和娜奥美是在我快要回来的时候在前院说话，就这一条已经足够打消我的疑虑了。

"那你答应他要去跳舞了吗？"

"我说要考虑一下……"她突然用娇滴滴地声调大声说，"喂，我不能跳吗？哎呀，跳吧！让治先生也加入俱乐部，一起学不就好了吗？"

"我也能加入俱乐部吗？"

"嗯嗯，谁都可以加入。教跳舞的是伊皿子的杉崎老师认识的俄罗斯人哦！听说是从西伯利亚逃出来的，为了帮他解决缺钱的困难，大家才一起成立了这家俱乐部。所以学员越多越好——好不好啦？我们去跳嘛！"

"你当然没问题,我能记住吗?"

"没问题,一学就会!"

"但是,我没有音乐细胞啊……"

"音乐什么的,学着学着自然就懂了……啊,让治先生不能不去,我一个人没法儿跳。去嘛去嘛,到时候我们两个偶尔还可以去跳舞,天天在家里玩多没劲儿!"

我也隐约察觉到,最近娜奥美对至今为止的生活感到些许无聊。仔细想想,我们在大森安家已经快四年了。除了暑假,她一直待在"童话之家"这个大笼子里,与世隔绝。从来都只有我们两个人面对面,玩遍了各种各样的"游戏",最后感到无聊也并不为过。更何况娜奥美是一个非常容易厌倦的人,不管什么游戏,一开始都是忘我地投入,没多久就厌倦了。可她要是不做点什么,连一个小时也消停不得。厌烦了扑克,厌烦了军棋,也厌烦了模仿电影演员,无计可施,只好去打理被她抛弃已久的花坛,殷勤地翻土、播种、浇水,这也不过是她一时兴起罢了。

"啊,好无聊啊,有没有什么有趣的事啊?"

她蜷在沙发上说着把一本还没看完的小说抛到一边。看到她打了一个大大的哈欠,我也暗自思索,有没有什么办法能让这单调的两人世界变得更有活力。就是在这样的时间点娜奥美提出要学跳舞,我想这也不算是一件坏事。娜奥美已经不是三年前的娜奥美了。和去镰仓时的她不同,如果让现在的她盛装出现在,恐怕在许多妇人面前也毫不逊色了——这样的想象让我感到了无法言喻的骄傲。

之前我说过,学校时代开始我就没有特别亲密的朋友,虽然一直以来尽量避免无谓的曲意逢迎，但我并不讨厌进入社交界。作为乡下人的我不善交际，与人交往没有心机，并为此畏缩不前，但我又因此对奢华的社交场更加心向往之。原本我娶娜奥美为妻也是为了把她打扮得漂漂亮亮，带着她出入各种场合，让社会上的这些家伙百般羡慕。我想在交际场上被人夸赞"您的夫人真是个漂亮时髦的可人儿"。我的野心蠢蠢欲动，从未打算一直把她关在"鸟笼"之中。

据娜奥美所说，那个俄罗斯的舞蹈老师叫作亚历山卓·施列姆斯卡娅，是某个伯爵的夫人。她的伯爵丈夫在革命暴动中行踪不明，两个孩子也不知踪影，好不容易流落到日本，生活极度贫困，这次终于要开始教舞蹈了。所以娜奥美的音乐老师杉崎春枝女士为这位夫人组织了这个俱乐部，那个在庆应义塾上学的滨田是俱乐部的干事。练舞室在三田的圣坂，一家名叫吉村的西洋乐器店的二楼。伯爵夫人每周一和周五去两次。会员在下午四点到七点之间找个方便的时间去，一次教一个钟头，每人每月按规定提前交二十日元。我和娜奥美两个人都去的话，每个月要花四十日元，就算对方是洋人，这种做法也非常不划算，但是娜奥美说西洋舞蹈和日本舞蹈一样是奢侈之物，收这么多也算合理。再说就算不怎么练习，灵活的人只要练上一个月，笨拙的也只要练上三个月就能记住，所以说贵也是人之常情。

"最重要的是，施列姆斯卡娅夫人太让人同情了，不得不出手相助。昔日的伯爵夫人落魄至此，多惹人怜惜！我问过滨田了，她的舞跳得可棒了，不光是社交舞，要是有人学，舞台舞蹈她也能教。职业演员的舞蹈很是俗气，根本看不得，跟着这样的人学习最好不过了。"

八 | 057

她对那位未曾谋面的夫人频频褒奖,说得像自己多精通舞蹈一样。

因为她这样说,最后我俩都加入了俱乐部,每周一和周五,娜奥美练习完音乐,我下了班马上在六点前赶到圣坂的乐器店学舞蹈。第一天下午五点,娜奥美约我在田町的车站会合,说要带我一起过去,那家乐器店位于坂道中间,门面很小。走进里面可以看到钢琴啦、风琴啦,留声机啦,各种乐器挤在狭窄的店里。二楼好像已经开始跳舞了,可以听到吵闹的脚步和留声机的声音。有五六个庆应学生模样的人正好堵在爬梯口,他们盯着我和娜奥美看,看得我心里不舒服。

"娜奥美!"

这时有人很亲昵地大声叫她。我看过去原来是刚才学生中的一人,他腋下夹着的貌似是名叫曼陀林的扁平乐器,和日本的月琴很相似。他配合着拍子一下下地拨弄琴弦。

"你好。"娜奥美没用女子的口吻,而是用学生的语气回应他。

"怎么了,小政?你不跳舞吗?"

"我才不要嘞!"名叫小政的男孩微笑着把曼陀林放到架子上,"那种东西还是饶了我吧!每个月要收二十日元,怕不是在割韭菜。"

"如果是第一次学,那也没办法呀。"

"什么呀,反正过几天大家都会记住的,到时候抓些家伙过来学吧——想学跳舞的人一抓一大把。如何?我的想法不错吧?"

"小政真狡猾,这也太精明了些……话说阿滨在二楼吗?"

"嗯,在的,你去吧。"

这家乐器行成了附近学生的"据点",看来娜奥美经常来光顾,店员们都和她混熟了。

"小娜美,刚刚楼下的学生,都是干什么的?"我一边在她的带领下爬楼梯一边问。

"那些都是庆应曼陀林俱乐部的人,说话是有些粗鲁,但人并不坏。"

"都是你的朋友吗?"

"算不上朋友,我有时来这里买东西会碰到他们,一来二去就认识了。"

"来学跳舞的也是这些人吗?"

"这就不清楚了……应该不会,比学生年纪大些的人会更多吧……现在上去看看就知道了。"

爬上二楼,在走廊尽头有个练舞室,首先映入我眼帘的是五六个一边喊着拍子"One,Two,Three…",一边跟着节奏舞蹈的身影。房间是由两间日式房间打通组成的,榻榻米上铺了木板,可以穿鞋直接入内。那个叫滨田的男孩经常跑来跑去,在地板上撒细细的粉末,大概是为了防滑。那时天还很热,白昼很长,夕阳从紧闭着拉门的西窗射入,夕阳给整个房间都镀上了光彩。不必多言,那位沐浴着红色夕阳,站在两间房之间的隔板处,穿着白色乔其纱上衣、藏蓝色羽缎短裙的女人,就是施列姆斯卡娅夫人了。看上去只有三十岁上下,从有两个孩子的情况推测,实际年龄应该是三十五六岁吧?她带着贵族特有的威严,一脸紧绷——那种威严,大概源于她过分苍白没什么血色的脸,让人多少觉得有些可怕。但从她凛然的表情、洒脱的衣着，还有胸前手上戴的闪闪发光的宝石来看，完全无法接受这是生计艰难的人。

夫人一只手拿着鞭子，貌似心情不佳地紧皱眉头，紧盯练习生的脚跟："One, Two, Three…"——因为是俄罗斯人说的英语，"three"说成了"tree"。就这样以安静但命令的态度重复着。练习生排成一列，跟着她的口令来来回回跳着不标准的舞步，好像是女士官在操练士兵，我不由得想起曾在浅草的金龙馆看过的《女军出征》。练习生中有三个人是穿着西装革履的年轻男子，其余的两个是刚从女校毕业的女学生，不知是哪家的千金。她们衣着朴素，穿着裙裤和男生一起努力地练习着，认真的小姐看起来感觉真不错。只要有人跳错了步伐，夫人就会突然尖声呵斥一声"No！"，然后走到学员身边示范。要是学员记性不好，老是弄错，她就一边尖叫"No good！"一边用鞭子抽打地板，毫不留情地打那个人的脚，不论男女。

"教得真有激情，就是要这样教才行。"

"的确，施列姆斯卡娅老师很热心。日本老师是无论如何都赶不上的，西洋人哪怕是女人做事也干净利落，让人心情十分舒畅。连着上一两个小时的课，她也不歇一歇就能继续练习，这么热的天气，我怕她难受，想着送个冰激凌什么的应该不要紧，可是她却坚持说这段时间什么都不吃。"

"哇，她不觉得累吗？"

"西洋人的身体很好，和我们不一样——一想到这里，就觉得她很可怜，原来是伯爵夫人，过着无忧无虑的生活，就因为革命，竟沦落到做这种事……"

坐在隔壁休息室沙发上的两位女士，一边观看练舞室的情况，一边钦佩地说着这样的话。其中一位二十五六岁，嘴唇薄而大，圆圆的脸上鼓着一对金鱼眼，头发没分缝，从额头的发际到一直盘到头顶，像老鼠屁股一样逐渐隆起。发髻很大，插一根白玳瑁甲簪子，埃及风花纹的丸带①上系着翡翠带扣。就是这位夫人很同情施列姆斯卡娅夫人的境遇，对她不吝溢美之词。坐在旁边附和的另一位女士，浓妆因为出汗变得斑驳不堪，到处都是小皱纹，从她露出来的粗糙皮肤判断，恐怕有四十岁了。她故意扎起来的赭色头发乱糟糟的，那是个身材瘦长，衣着华丽，长得有点像护士的女人。

休息室里，有人围着这些女士，有人谦恭有礼地等着轮到自己练习，其中还有人似乎已经积累了一套训练方法，胳膊配合着舞步，在练舞室的角落来来回回跳着舞。干事滨田不知是作为夫人的代理，还是自己装腔作势，不光给那些人当舞伴，陪他们跳舞，还帮着换留声机的唱片，一个人活跃得让人目不暇接。女子暂且不提，来学习舞蹈的男人到底是干什么的？不可思议的是，只有滨田穿着潮流服装，其他人穿的就是土气的深蓝色西服三件套，感觉薪水比较低，都不大聪明的样子。他们都比我年纪小，三十岁左右的绅士只有一个。那位男士穿着一件晨礼服，戴着金边厚眼镜，留着落伍的八字胡。他好像是悟性最差的，多次被夫人斥责说"No good"，狠狠地挨了好几鞭。可他每次仅仅微微回以一笑，接着就重新开始了"一、二、三"的

---

① 和服带子之一，女士和服最初使用的腰带，正面有花纹，华丽不失典雅。

舞步。

那样的男人，年纪都这么大了，怎么会想跳舞呢？不，仔细想想我和那男人不是难兄难弟吗？从没见过什么大场面的我，即使只是陪着娜奥美过来，看着看着，一想到在这些妇女的眼前被那个洋人严厉斥责的刹那，冷汗就涌了出来，生怕轮到自己。

"啊呀，欢迎光临。"

滨田连着跳了两三轮舞，一边用手帕擦掉满是痤疮的额头上的汗，一边走到娜奥美身边。

"啊，上次失礼了。"今天他有些得意地再次和我打招呼，一边转向娜奥美一边说，"这么热的天你还来了……不好意思，你要是带着扇子，能借给我吗？不管怎么说，做助理也不是件轻松的差事。"

她从腰带间拿出一把扇子递给他：

"但是阿滨跳得好棒啊，的确有资格当助理。你什么时候开始练的？"

"我吗？我已经练了半年了。但是你那么聪明，马上就能学会的，跳舞是男人领着女的跳，女的只要跟上就得了！"

"那个，这里的男同胞们大都是什么样的人呀？"

我这么一问，滨田礼貌地回道：

"哦，这个啊，这些人大多是东洋石油股份有限公司的职员。杉崎老师的亲戚在公司担任要职，听说是那位先生介绍的。"

东洋石油的公司职员和社交舞！我一边想着这是很不协调的搭配，一边又问道：

"那个人呢？那边长着胡子的绅士也是公司职员吗？"

"不，那个不是，那个人是医生。"

"医生？"

"是的，他还是那个公司的卫生顾问。没有比跳舞更能锻炼身体的了，他就是为了这个才来的。"

"是吗，阿滨？"娜奥美插了一句。

"这个也可以算作运动吗？"

"啊，可以的。如果你跳舞，冬天也会流汗，衬衫都会湿得透透的，作为运动方式很不错。再加上施列姆斯卡娅夫人的训练非常激烈。"

"那位夫人会说日语吗？"我这么问道。其实从刚才我就一直在琢磨这个。

"不，几乎不会说，大多数时候说英语。"

"英语啊……我的口语不太好呀……"

"哪里的话，大家都一样。施列姆斯卡娅夫人讲的英语也很蹩脚，还不如我们呢，你一点都用不着担心！而且练习舞蹈基本上也用不着说话，除了'一、二、三'，其他一看肢体语言就懂了……"

"哎呀，娜奥美，你什么时候来的？"

那个插着白玳瑁甲簪子的"金鱼眼女士"和她打招呼。

"啊，老师……哦，这位是杉崎老师。"

娜奥美说着，执起我的手，往那个妇人所在的沙发方向拉去。

"那个，老师，我介绍一下……河合让治……"

"噢，这样啊……"

杉崎老师看娜奥美脸红了，不必多问，立马了悟其中深意，她站起来边点头致意边介绍：

"初次见面，我是杉崎。欢迎您光临此地……娜奥美，麻烦把那把椅子搬过来。"

接着又转过头对我说：

"来，您先坐着玩一会儿。虽然就快到您了，但是一直站在那里等着会很累的。"

"……"

我已不记得我说了些什么，大概只是嘟嘟囔囔地敷衍几句。我最不擅长的就是这种一说"女士"就开始装腔作势的妇人。不仅如此，她是如何理解我和娜奥美的关系的？娜奥美将这层纸捅到什么程度了？我一不留神就忘了先向她问清楚，所以更加惊慌失措了。

"我来介绍一下。"老师毫不理会我的扭捏，她指着那个卷发的妇女道说，"这位女士是横滨的詹姆斯·布朗先生的夫人……这位是大井町电力公司的河合让治先生……"

原来如此，那么，这个女人是外国人的妻子吗？如此说来，她与其说是护士，更像是给洋人当小妾的类型。我越来越僵硬，一个劲儿地鞠躬。

"不好意思，您是初次练习舞蹈吗？"

这位卷发女士一把抓住我，夹杂着英语问道。她说"first time"（初次）时，故意装腔作势，语速很快。

"啊？"我有点张口结舌，不知所云。

"嗯，他是第一次来这里。"杉崎女士在我一旁代为回答。

"啊，是这样啊。可是，怎么说好呢？男士比起女士来要更加、

064　痴人之爱

更加困难,不过要是您开始学呢,这话怎么说好呢……"

这个家伙说话掺了一堆英文,什么"更加、更加"的,我又没听懂,后来才反应过来是"more more"。还把"gentleman"说成了"genleman","little"说成了"litle"。而且她的日语也有一种奇怪的口音,每三句话就会说一回"怎么说好呢",就像油纸着了火,说个没完。

然后又聊起了施列姆斯卡娅夫人,舞蹈、语言、音乐……什么贝多芬的奏鸣曲、第三交响曲又如何,哪个公司的唱片比哪个公司的唱片更好,抑或是更坏。我沮丧地沉默了,从她接着以老师为对象,滔滔不绝诉说的口吻来推断,这位布朗先生的夫人估计是杉崎女士的钢琴弟子。我这时没办法看准好时机,说句"不好意思,失陪了"从座位抽身,只好夹在长舌妇之间听她们饶舌,同时哀叹自己的不幸。

不久,以八字胡医生为首的一群石油公司职员排练结束后,老师把我和娜奥美带到施列姆斯卡娅夫人面前,用非常流利的英语先介绍了娜奥美,接着介绍我——这大概是遵循了西洋"女士为先"的传统礼仪。当时,老师将娜奥美称作"河合夫人"。我心中怀着极大的兴趣等着娜奥美的回应,想知道她会采取怎样的态度来和西洋人对话。平时自命不凡的她,到了夫人面前,也露出了几分狼狈。夫人说了一两句话,富有威严的眼里含着笑意,伸出手来,娜奥美满脸通红,什么也没说,只是畏畏缩缩地握了手。等轮到了我,更加糟糕,老实说,我无法仰望那青白色有如雕刻一样的轮廓。我默默地低着头,只是握了握夫人那戴着璀璨非凡的钻石的手。

九

读者们应该都知道,我是一个不顾自己土里土气,热衷高雅,凡事喜欢模仿西式风格的人。要是我有足够多的钱,要是我可以随心所欲,我也许会去西方生活,也许已经娶了西洋的女子为妻。可现实不允许我如此,我只好委曲求全,在日本人之中寻觅长得颇像西洋人的娜奥美为妻。还有一点,即使我有钱,也没有当男子汉的自信。不管怎么说,我一个个子只有五尺二寸的小男人,肤色黝黑,牙齿还不齐整,想娶一个体格健壮的西洋老婆,真是太不懂分寸了。到底日本人还是配日本人更好,像娜奥美这样的再合适不过了。这样想着,我也就心满意足了。

我虽是这么想,但能够接近白种女性让我非常高兴……不,不仅是高兴,还感到光荣。说白了,我已经不对自己的交际能力和语言能力抱有希望,那种机会一辈子也不轮不上我,偶尔看一场外国剧团的歌剧,或是在电影上看见熟识的女演员的面庞,我都将她们的美化作梦,一点点地倾慕着。可我怎么也想不到,这次舞蹈练习为我制造了接触西洋女子的机会,还是个伯爵夫人。除去哈里森女士这样的老太婆,这是我有生以来第一次沐浴在与西洋女士握手的"光荣"之中。

当施列姆斯卡娅女士把那只"白皙的手"伸向我的时候,我不由得怦然心动,甚至犹豫着是否可以握住它。

娜奥美的手,柔软而富有光泽,手指修长而纤细,当然不会不优雅。只是,那只"白皙的手"不像娜奥美的那样过于纤细,手掌厚实有肉,手指也柔软地伸着,却没有纤弱的感觉,那是"丰"而"美"的手——这就是那双手给我留下的印象。手上眼珠子那么大的钻戒闪闪发光,要是日本人戴恐怕会让人讨厌,西洋人戴着反而显得手指纤丽,气质高雅,增添了几分奢华的情趣。最有别于娜奥美的是,她的肤色异常的白。雪白肌肤下隐约可见淡紫色的血管,让人联想起大理石的纹理,冷艳绝伦。我一直将娜奥美的手当作玩具细细摆弄,时常赞叹:"你的手真漂亮,白得宛如西洋人的手!"但如今一看,果然还是有区别的,真是遗憾。娜奥美的手白是白,但并不透亮,不,一旦看了这双手,就会让人觉得娜奥美的手出奇的黑。吸引我的还有一点,那就是指甲。十根手指像是集齐了贝壳一样,光泽的指甲整齐划一,散发着樱花般的色泽,不仅如此,指甲的末端还呈尖尖的三角形,大概这也是西方的潮流吧!

我之前写过,娜奥美和我站在一起矮一寸左右。夫人在西方人中算小个子,可还是比我高不少。不知道是不是穿了高跟鞋的缘故,一起跳舞的时候我的头正好勉强够到她袒露的胸脯。夫人说了句"Walk with me",将手臂绕到我的后背,当她告诉我舞步该怎么走的时候,我是多么怕我这张黑脸碰到她的肌肤。那光滑白嫩的肌肤,我远远地望着就已经心满意足了。我连握住她的手都心怀愧疚,被她隔着薄薄的衣衫抱在怀里,就觉得自己做了什么错事一样。自己呼出的气有异味吗？这双黏糊糊的胖手会让她感到不快吗？我一心想着这件事，连她的头发偶尔掉下来一缕，我也忍不住提心吊胆。

不仅如此，夫人身上还有一种甜甜的气味。

"那女人身上有狐臭，难闻到令人窒息！"

我后来听到过这帮曼陀林俱乐部的学生在背后说夫人的坏话。听闻西洋人身上有很多腋臭，伯爵夫人大概也不例外，她为了消除狐臭总是小心地喷上香水，香水和腋臭混在一起，形成一股甜酸甜酸的刺鼻怪味，但是我却不讨厌这味道，反而觉得这味道有一种说不出的蛊惑。这让我想起了未曾见过的大洋彼岸的国度，还有世间罕见的异国花园。

"啊，这就是夫人雪白的胴体散发出的香气吗？"我总是一边陶醉着，一边贪婪地嗅着那股芳香。

像我这样笨拙的男人，就算说是为了娜奥美，也不该置身于这绚丽多彩的场所，为什么之后不曾感到厌倦，去了一两个月还能坚持练习呢？我大胆地坦白，其中施列姆斯卡娅夫人确实是一大诱因，每周一和周五的下午，我都能被夫人抱在怀中跳舞。那短短的一个小时，不知不觉间成了我最大的乐趣。我一走到夫人面前，就完全忘记了娜奥美的存在。那短暂的一个小时有如芳烈的酒，让我无法不迷醉其中。

"让治出乎意料的积极啊，我还以为你会直接拒绝呢……"

"怎么这么说？"

"那啥，你不是自己说跳不来舞吗？"

所以我每次说那种话的时候，总觉得对不起娜奥美。

"虽然我感觉学不会,但试着跳了之后变得轻松愉快了。而且医生不是说跳舞非常锻炼身体嘛。"

"看吧看吧,我就说什么都不要多想,先体验再决定嘛!"娜奥美说着笑了,没有察觉到我内心的秘密。

我们在进行了大量的练习后,终于掌握了跳舞的诀窍,在那一年的冬天,头一回去了银座的埃尔多拉多①咖啡厅。那时东京还没有那么多舞厅,除了帝国饭店和花月园,那家咖啡厅也是刚开业不久。并且,帝国饭店和花月园都是主要面向外国人,服装和礼仪都很讲究,对初学者而言还是埃尔多拉多更好些。尤其是当时不知娜奥美从哪里听来的传言,强烈建议"一定要去一趟试试",可我还没有胆量去公共场合跳舞。

"不行啦,让治!"娜奥美盯着我说,"不能说这种丧气话!跳舞这种东西,光练习是怎么都跳不好的。要厚着脸皮投身到人潮里,跳着跳着就擅长了。"

"我也是这么想的,可是我没有那么厚的脸皮……"

"那好吧,我一个人也要去……我把阿滨和小政叫上!"

"小政就是前几天曼陀林俱乐部的那个男生吧?"

"嗯,对啊,那个人明明一次都没练过,但不管是哪里他都去跳,如今已经跳得相当好了。比让治厉害多了。所以脸皮不厚的话就要吃亏哒!……喂,去啦,我和你一起跳!啊……拜托你啦,一起去了啦……好孩子,好孩子,让治真是个好孩子!"

---

① 传说中失落的黄金之城。

到头来，在恳求攻势下我最终答应和她一起去，接着为了"穿什么去"又商量了很久。

"让治，你看看，哪件好？"她从去咖啡厅之前的四五天就开始大吵大嚷，把所有的衣服都翻出来，一件一件地挑选。

"啊，那件就不错呀！"我到最后嫌麻烦，就敷衍了几句。

"真的吗？不会很奇怪吗？"她在镜子前转了好几圈说，"好奇怪啊，什么鬼啦！我不喜欢这样穿！"说完马上脱下来，用脚踩得皱巴巴的像废纸团一样，一脚踢开又接着试下一件。然而，这件也不行，那件也不行，最后她开了尊口：

"喂，让治，给我做件新衣服吧！"

"如果要去跳舞，一定得穿得光彩夺目才行，这样的衣服根本不会引人注目。哎哟！给我做件新的！反正以后经常要出门，没有衣服是不行的。"

那时，我每个月的收入已经供不上她的奢侈消费了。本来我是个对待金钱斤斤计较的人，单身的时候我每个月都只留一部分零花，其他的一分不少全都存起来，所以和娜奥美刚成家的时候相当宽裕。后来我虽然沉溺于对娜奥美的爱中，也丝毫没有疏忽工作，在公司我仍然是勤勤恳恳、恪尽职守的模范员工，领导越来越信任我，薪资见涨，如果加上每个季度的奖金，一个月平均能有四百日元。所以要是按正常的消费水平过日子，两个人应该很轻松，但这是无论如何都不够的。仔细盘算一下，每月的生活费少说也在二百五十日元以上，有时要花费三百日元。其中房租三十五日元——一开始是二十日元，四年间涨了十五日元。加上煤气费、电费、水费、煤炭钱、洗衣费等各种开销……剩下的不过二百日元左右,至多也就二百三四十日元。要说花在哪里了,大部分都花在吃上面。

当娜奥美还是个小女孩时,一块牛排就心满意足了,这也是理所当然的。可是不知不觉间她的胃口见长,嘴也越来越刁,一天三顿饭不是"想吃这个",就是"想吃那个",尽说些和年龄不相符的高级菜肴。加上我也不爱自己买菜、自己做饭,很讨厌这些麻烦事,所以一般都是去附近的饭馆点菜。

"啊——好想吃顿好的!"

娜奥美一无聊就会说起这句口头禅。她以前只喜欢吃西餐,但现在不满足于此了,三回中就有一回会狂妄地说"想喝哪家的靓汤""去哪里吃吃那里的生鱼片"之类的话。

中午我在公司,只有娜奥美一个人吃饭,这种时候她反而吃得更奢侈。傍晚,我从公司回到家,经常看到厨房的一角放着外卖店的便当盒、西餐店的容器等。

"小娜美,你又点了什么呀!你这样天天吃外卖,也太费钱了,我可负担不起!这像什么样子,哪怕你是个女人,也请你稍微想想,这是不是太浪费了?"即使我这么说,娜奥美也一如往常,毫不介意。

"就因为我是一个人才点了外卖呀,做菜太麻烦了。"她说完还故意闹情绪,倒在沙发上滚来滚去。

她这副模样我简直忍无可忍了。要光是点菜都算了,有时连做饭都懒得煮,连饭都要从外卖店订。就这样,到了月底,烤鸡店、牛肉店、日本菜馆、西餐厅、寿司店、鳗鱼馆、糕点铺、水果铺……各个店铺送来了账单，算下来贵得要死，她居然吃了这么多，真是让人吃惊。

除去伙食费，最贵的就是洗衣费了。这是因为娜奥美连一只袜子也不肯自己洗，脏衣服全都送到洗衣店。偶尔我要是说她两句，她就会拿"我可不是用人"的说辞来反驳我。

"这样啊，要是洗衣服，我手指就会变粗，不就不能弹钢琴了吗？让治你说我是你的什么？我不是你的宝贝吗？要是你宝贝的手变粗了怎么办？"她这么回我。

刚开始娜奥美会做家务，也会干厨房里的活，可是干了一年半载就没再坚持。洗衣服什么的都不说了，最要命的是家里越来越乱，越来越脏。衣服在哪里脱下就丢在哪里，在哪里吃完的就搁在哪里，吃剩的菜、喝过的茶杯、沾满皮屑汗渍的内衣裤，什么时候去看都甩在那儿。地板自不必说，椅子和餐桌也积满了灰尘。那块好不容易买到的印度印花布窗帘早已变得漆黑，没了昔日的光彩。有如童话之家的"小鸟笼"，本应是温馨、明媚的，如今早已换了番景象，一进房间就有一股这里特有的刺鼻气味扑面而来。我对这点也很不满意。

"好了好了，我来打扫，你到院子里去吧。"

我也试过自己打扫，可是越扫越乱，不仅垃圾越扫越多，东西也丢得乱七八糟，想要收拾也无从下手。

实在没有办法，我也曾请过两三个女佣，一个又一个女佣都被这场景惊呆了，没有人能忍耐五天以上。一开始我们就没打算请用人，所以就算女佣来了也没有地方睡觉。有人来这里我们必须有所顾忌，两个人开个玩笑都觉得不自在。有了用人，娜奥美更是懒出了新境界，横竖不挪窝，干什么都使唤用人。不仅照旧点外卖，还比以前更省事儿了——"你去哪家店给我点什么端回来"，更加奢侈了。最终，由于请女佣非常不划算，也妨碍我们的"游戏"生活，对方也很害怕在这儿干活，我们也不想让对方长待，请女佣的事就此作罢。

基于以上种种，每个月的开销有这么多，剩下的一百日元到一百五十日元中，每个月哪怕只存十日元或二十日元我也想存起来，可是由于娜奥美花钱如流水，连这点钱都存不下来。她每个月必做一件衣裳。美利奴和铭仙再怎么便宜也经不住她内衬、外套都要买，还不肯自己做，因为还要付裁缝费，五六十日元就这么没了。做出来的衣服，如果她不中意，就塞进壁橱里面完全不穿；如果她中意，就一直穿到膝盖处磨薄了为止。所以她的柜子里装满了破烂不堪的旧衣服。还有鞋子也是一样的奢侈，草履、两齿木屐、高齿木屐、矮齿木屐、双带木屐、外出的木屐、日常的木屐……以上种种少则两三日元多则七八日元，她十天就要买一双，加在一起也不便宜。

"你也别老穿木屐，穿鞋就不行吗？"

以前她习惯穿裙裤配鞋子行走，这阵子，就算是去练舞她也要披上外衣盛装出席，就算我试着与她商量，她也不听，还说：

"我这样穿才算个地地道道的东京人，别的还能将就，鞋子必须像样一点，不然心里不舒服。"

她的话里已经将我看成了乡巴佬。

她的零花钱五花八门，音乐会啊、电车费啊、教科书啊、杂志啊、小说啊，三天不到就要三五日元。这之外还有英语和音乐的学费二十五日元，这个钱每个月还得按时交。因此，四百日元的收入很难负担以上支出,别说存钱了,还得吃老本,我单身时存的钱就这样地花掉了。钱这种东西一旦用出去就似流水,这三四年花光了积蓄,我现在已经一文不名了。

祸不单行的是,我这样的男人不擅长开口借钱,如果不及时付清账单,心里就不踏实,到了年底简直苦不堪言。"你这么花下去,这个年就没法过了!"我这么警告她,她也只是说:"不会过不下去的,让他们等着就是了。"

她还用这种口气说:

"这三四年我们都住在这里,到了年底哪里会说不许我们延期?说好每半年结算一次,哪家都会宽限几天的。让治你这样小家子气,不会变通可不行!"

她自己要买的东西都以现金支付,每个月的账单都得延期等到我的奖金发下来为止。可她却不愿意给这种借钱的烂德行一个解释。

"我不爱谈这个问题,这不是男人的职责吗?"

一到月底,就不知道她跑到哪里去了。

我把自己的收入全都花在了娜奥美身上,为了她我可以说倾其所有。我让她一天比一天衣着光鲜,不让她觉得拘束,不让她觉得我小气,让她平安喜乐地茁壮成长——这是我老早以前的夙愿,即使我抱怨生计艰难还是包容了她的奢侈。所以我不得不在其他方面努力节省,幸运的是我自己没有什么应酬要花钱,偶尔公司同事间有聚会,我就算不讲人情,也要尽量躲开。除此之外,我还毫不犹豫地省下了自己的零花钱、置装费、餐费等开支。每天通勤搭乘的省线电车,我给娜奥美买的是二等车的月票,我自己却只买了三等车的票。她嫌做饭费事，我又觉得点外卖太贵，我就自己煮饭，还做过菜。可是，我像这样做又惹得娜奥美看不顺眼。

"一个大男人就别进厨房了吧，真是丢脸！"她如此评判。

"让治啊，不要一年到头穿相同的衣服，能不能穿得潇洒一点？我可不愿只有自己光鲜亮丽，让治就穿成这副德行。这样就没法走在一起了！"

要是不能和她走在一起，我就没什么乐趣可言了，我为此不得不做了套所谓"潇洒"的衣服。而且和她出门的时候，我也必须跟着坐二等车。也就是说，为了不伤害她的虚荣心，最后，只好将她一个人的挥霍变成我们两个人的挥霍。

在我为了这些事焦头烂额之际，这一阵子又到了给施莱姆斯卡娅夫人交四十日元的时候，还加上给她买跳舞的衣裳，我终于到了进退不得的艰难时刻。但娜奥美是不听这些的，正好到了月底，我的钱夹里还有一点现金，她非让我把最后的存货拿出来不可。

"拜托你搞清楚一点，要是这点钱都给了你，马上要到的年关可就没法结账了！"

"总会有办法结清的啦！"

"什么办法？哪有办法？完全没有办法！"

"那你到底是为了什么学跳舞的呀……好嘛，要是这样，我从明天起大门不出二门不迈，哪里都不去了。"

说这话时的她，大大的眼睛里饱含泪水，恨恨地盯着我，突然沉默了。

"小娜美，你生气了吗……喂，小娜美，那个……你转过来。"

那天晚上,我爬上床,她背对着我躺着,我轻轻摇着娜奥美的肩,轻声唤她。

"喂,小娜美,你转过来……稍微转到这边来嘛……"

我小心地求她,温柔的手搭上她的身子,像翻鱼一样将她翻过来,她娇软的身子没有抵抗,只是半闭着眼,乖乖地转向了我。

"怎么了,你还在生气吗?"

"……"

"哎,喂……不生气了好不好……总会有办法的……"

"……"

"拜托,睁开眼睛吧,睁开……"

我一边说一边将她的眼睑撑起,那眼睑上的睫毛微微颤动,眼睑下溜圆的眼珠暗中窥视着我,恰似躲在壳里的贝,哪里睡着了,分明直视着我的脸。

"我给你买,这,总行了吧……"

"可是,这样你会不会为难呢?"

"为难也不要紧的,总会有办法的。"

"那,是什么办法呢?"

"我和家里说,让家里寄点钱过来就好了。"

"会给吗?"

"啊,肯定会给的。我从来没和家里伸过手,两个人生活要添置不少东西,开销大,母亲肯定会明白的……"

"真的?这样会不会很对不起你妈?"

娜奥美的语气好像很在意,然而,在她心里早就暗藏着"和你乡下老家说不就得了"的念头,我慢慢参悟到了这层意思。现在我说出口了,正好合了她的心意。

"不会啦,也没有什么对不起,只不过在我以前的观念里,实在不愿意开口罢了。"

"那么,你的观念怎么变了呢?"

"因为看你哭得太可怜了。"

"是吗?"她说着,胸如波涛汹涌般起伏,让我的胸口微微一震,她浮现出娇羞的笑容,接着说,"我,真的哭了吗?"

"你不是说哪儿都不去了吗?你的眼里不是蓄满了泪水吗?你是我磨人的小妖精,直到永远,你都是我的大Baby……"

"你是我的Papa!可爱的Papa!"

娜奥美突然抱紧我的脖子,如同繁忙的邮局给包裹盖戳一般的,她的唇印遍我的脸、额头、鼻子、上眼睑、耳朵里……没有半处遗漏,全都结结实实地盖上了她的章。我仿佛置身沉甸甸的山茶花海,一时间无数柔软花瓣从天而降,埋首在那花香中,我感到犹如梦境的快感。

"怎么了,小娜美,你好像疯了一样。"

"是啊,我是疯了……让治今晚可爱得让我疯了……还是你不喜欢我这样?"

"我哪里会不喜欢,我好开心,开心得疯了,为了你,我甘愿做出任何牺牲!哎呀,怎么了……你怎么又哭了?"

"谢谢你,Papa,我的Papa,我好感谢你,所以才自然而然地流出眼泪来了……这样,你明白了吗?我不该哭吗?要是不该哭你就帮我擦去泪水吧！"

  娜奥美从怀中掏出纸巾，却不自己擦，而是塞到我手里，目不转睛地盯着我，在我为她拭去之前，又涌出滚滚泪珠溢到睫毛边缘。啊，那是多么湿润的美丽眼眸。这美丽的泪珠不能就这样凝结成晶，让我好好珍藏吗？我一边想着，一边轻拭她的脸颊，接着我擦了擦她的眼窝，小心地不碰到圆滚滚的泪珠。皮肤的每一次拉扯将泪珠揉成各种各样的形状，一会儿揉成凸面镜，一会儿揉成凹面镜，最终簌簌地流下，好不容易擦干的脸颊再度拖出泛光的丝线。于是我又擦了擦她的脸颊，抚了抚还带着湿润的眼，我就着那张纸擦了擦她微微呜咽的鼻子。

  "来，擤擤鼻子。"

  我说完，她"哼——"地擤了擤，我又给她擦了好几次。

  她从我这儿拿了两百日元，一个人去逛了三越百货，我午休时在公司给母亲写信，这是我第一次写信找家里要钱。

  "……这段时间物价很高，和两三年前大不相同，即使不铺张浪费，每月开销仍然见涨，都市的生活日益艰难……"

  我记得我是这么写的，一想到自己竟然如此大胆地对母亲扯这么高明的谎，连我都觉得自己好可怕。两三天后，母亲寄来了回信，从中可以看出她对儿子相当信任，对儿子珍爱的娘子娜奥美也心怀慈爱。信中还写到"给娜奥美买几件衣服"，和信一起寄到的钱比我要的多一百日元。

十

去埃尔多拉多跳舞是周六的晚上。晚上七点半开始，我五点左右从公司回到家，娜奥美光着已经沐浴过的身子，正孜孜不倦地化着妆。

一看到镜子里的我，她马上说："啊，让治，我刚化好妆你就回来了！"

接着把一只手伸向背后，指向沙发。沙发上放着她去三越托人紧急赶制的和服、丸带，她解开包袱排成好长一列。和服是掺了棉花的双层夹衣，大概是叫金纱绉布的料子，黄花绿叶缀于暗红底子上。腰带上有两三道用银线缝制的波纹，印满了古色古香的船。

"怎么样？我的眼光很不错吧？"

娜奥美两手搓匀白粉，用手掌拍打着还冒着热气的肉体，从右到左，从肩膀到颈项，拍得发出啪啪啪的响声来。

然而，老实说，她肩膀厚实、屁股肥、胸又大，这样的她与柔软似水的面料并不相称。要是穿上绉布和铭仙布料的衣服，她就充满异国风情的美，像个混血儿一样，但她一穿上正经衣服就出乎意料地流露出俗气，图案越花哨越粗鄙，就像横滨那一带面向外国船员的那些女人似的粗野不堪。我看她自鸣得意，没有强硬反对，只是想到要和这个穿得花里胡哨的女人一起搭乘电车现身舞厅，我就心生畏惧。

娜奥美穿好衣服对我说：

"来，让治，你穿这套藏蓝色西装。"

难得她帮我准备好衣服，还掸了灰，熨了熨。

"比起藏蓝的，我更愿意穿茶色的。"

"你是不是傻啊！让治！"她照常以训斥的口吻盯着我说，"晚宴一定是穿藏青色的西服或无尾晚礼服，而且衣领不能是软领得是硬领。这是礼节，请你以后牢记！"

"欸，还有这种规矩。"

"当然有规矩，你想赶时髦连这都不懂可如何是好！这件藏蓝色西装虽然很脏，但是西服只要笔挺没有褶皱，版型不垮就好了。来，我都给你弄好了，今晚就穿这件去。这几天你得赶快做套无尾晚礼服，要是不做我可不和你跳！"

接着还有一堆规矩，像领带得是藏蓝或者全黑的，要系成蝴蝶结形状，鞋子应该穿亮漆皮鞋，要是没有就穿普通的黑色短靴，正式场合不能穿红色皮鞋，袜子大都是丝绸的，再不济也该穿纯黑袜子……我不知道这是娜奥美从哪里听来的，她不仅对自己的服装考究，还要对我的着装一一指点，费了好多工夫才总算是出门了。

我们到那里已经过了七点半，舞会已经开始了。听着爵士乐队的嘈杂爬上梯子，来到了舞厅的入口。舞厅就是撤掉椅子的餐厅。入口处贴了张纸，上面写着"Special Dance — Admission: Ladies Free, Gentlemen/3.00"（特别舞会入场券：女士免单，男士三日元），有个小弟在那收钱。毕竟是咖啡厅，所以舞厅也不是那么气派，我看了看，跳舞的应该有十来组吧，这么点人也已经够多了，实在是热闹非常。房间的一边有两排桌椅，买票进场的人各自占好位子，在那里时不时地一边休息，一边观赏他人的舞姿。那里有一些陌生男女，三三两两地抱团聊天。娜奥美一加入其中，他们就开始小声地窃窃私语，以一种半轻蔑、半敌意的异样目光打量着花里胡哨的娜奥美，那眼神是这种场所独有的刺探。

"喂喂，快看哪，那边来了个那样的女人！"

"跟着她的那个男的又是什么人？"我感觉到他们在说我。我清楚地感觉到，他们的视线不仅扫视着娜奥美，还扫视着站在她身后的我。我的耳朵里回荡着管弦乐队不休的噪声，我的眼前是一群正在跳舞的家伙……舞技远超于我的这群人围成一个大圈不停地回旋。与此同时，我一想到自己只是个区区五尺二寸的矮子，黑得像个原始人，牙齿还不齐整，这样的我穿着两年前做的极不显眼的藏青色西装，脸热得发烫，身体却冷得发颤，不禁冒出"再也不会来这种地方"的想法。

"一直站在这里也无计可施呀……我们不如到……到桌子那边去吧！"娜奥美果然也胆怯了吧，她凑近我的耳朵，小声地说道。

"可是怎么去呢，从这群跳舞的人中间横穿过去不成？"

"可以的，一定有办法……"

"要是你撞到人可就糟了！"

"过去留神一点，不撞到人就是了……看，你看，那个人不也是横穿过去的吗？不要紧的，我们试着过去吧！"

十 | 081

我跟在娜奥美后面，穿过舞厅中央的人群，脚发颤，地又滑，好容易安全抵达了对面。中间还有一次差点摔倒，娜奥美满脸愁苦地瞪了我一眼，还"啧"了我一声。

"啊，那里好像有一个空着的位子，我们就到那张桌子去吧！"

娜奥美不像我这么腼腆，她在众目睽睽之下，走到桌子旁坐下了。她本来是那么期待跳舞的，却没有马上就位，我总觉得她似乎是有些心神不定，所以才从手提袋里拿出镜子，偷偷地往脸上补妆。

"你的领带歪到左边了。"她悄悄地提醒我，眼睛却注视着舞池方向。

"小娜美，那不是滨田吗？他也来了。"

"别叫我小娜美，请称我为'小姐'！"说着，娜奥美又露出为难的表情说，

"滨田来了，小政也来了，真是的！"

"谁？在哪儿？"

她慌忙压低声音说："你看，就在那里……"

接着，她又轻声责备我："你这样指着人是很失礼的！"

"你看，那个和穿着粉红色衣服的小姐一起跳舞的，那就是小政。"

"嗨！"这时小政打着招呼朝我们走来，隔着舞伴的肩膀朝我们冷笑了一下。着粉红色洋装的肥女人，身材高大，露出一双肉感十足的长胳膊，一头齐肩的浓密黑发多到让人厌烦，她还将那头发烫卷，呆头呆脑地带了有蝴蝶结的发箍。她长着一张轮廓分明的瓜子脸，脸颊通红，大眼睛，厚嘴唇，还长了个随处可见的纯日式、有浮世绘风

格的细长鼻子。我对女人的脸相当留心，不过，我还没见过这么稀奇古怪、这么不协调的脸。我想这个女人应该对自己的脸太像日本人而感到无比的不幸，所以才为了尽量沾点洋人的味道煞费苦心。细细观瞧，暴露在外面的皮肤几乎都涂了白粉，像是打了霜，眼睛周围涂的青绿色颜料闪闪发光，活似油漆，已经晕开了。那腮帮子通红，毫无疑问是抹了腮红，加上她戴的那个有蝴蝶结的发箍，尽管我很同情她，但我不得不承认她俨然是个怪物。

"喂，小娜美……"一不留神我就这么说了，连忙改口，"娜奥美小姐，那个女人也算是位小姐吗？"

"嗯，对啊，简直像个卖淫的小姐……"

"莫非你认识那个女的？"

"倒是不知道，但我经常听小政提起。你看，她头上缠着蝴蝶结，那是因为那位小姐的眉毛长在额头上方，为了隐藏这一点，她戴上发箍，另外在下面画上眉毛。欸，你看你看，那个眉毛是假货。"

"可是，那张脸还是长得不坏的。就是涂得太乱了，大红大绿的，也太滑稽了。"

"她就是个蠢蛋。"娜奥美似乎渐渐恢复了自信，用她素来骄傲自大的语气说道，"那张脸也称得上好看？让治觉得那种女人是美女？"

"虽说算不上美人，但鼻子也挺高，身材也不差，要是按平常的打扮还看得过去。"

"真的够了！哪里看得过去了！那样的长相一抓一大把。她为了看上去洋气，下足了心思，但她一点都不洋气。不是我说她，她活像一只猴子。"

"话说，和滨田跳舞的女人，好像似曾相识？"

"绝对见过啦，那个是帝国剧院的春野绮罗子。"

"咦，滨田认识绮罗子吗？"

"是啦，他认识的，那个人舞跳得很好，和好多女演员交了朋友。"

滨田穿了身茶色西装，穿着巧克力色的小牛皮皮鞋，上面满是污渍，在人群中凭借灵巧的脚步鹤立鸡群。而且非常奇怪的是，他和舞伴贴在一起，可能有这种跳法也未可知。玉指纤纤犹如象牙般白皙的绮罗子，被滨田紧抱在怀里，柔软的腰仿佛要折断似的，她体型娇小，比在舞台上看到的还要漂亮。她人如其名，满身绮罗，极尽奢华，系着不知是锦缎还是素花缎的丸带，黑底上以金线和深绿色勾勒出龙纹。她个子小，滨田用力歪着头，在绮罗子的侧鬓耳畔盘绕着，仿佛要嗅她头发的芬芳。绮罗子也是一样，硬拿额头贴他的脸颊，连眼尾都要挤出皱纹来了。他们跳着舞，两张脸上四只眼珠子眨动着，即使身体时而分开，脑袋和脑袋却一刻不离地挨在一起。

"让治，你知道那是什么舞吗？"

"虽然不知道是什么，但也不是什么值得一看的舞姿。"

"真的是，好下流呀！"

娜奥美以要呸呸呸吐口水的语调说：

"那是贴脸舞，不登大雅之堂的玩意儿。这要是在美国，人家要勒令你退场的。阿滨也真是的，令人作呕。"

"不过女方也有点问题。"

"就是嘛，反正女演员都是这个样，本来这种地方就不该放女演员进来，把这帮东西放进来真正的淑女就不会来了！"

"你对我那么挑三拣四的，可是穿藏青色西服的人也太少了吧。滨田不也就穿那样而已……"我一开始就留意到了这一点。装腔作势的娜奥美，不知打哪儿听来这不知所谓的"礼节"，非要勉强我穿藏青色西装，来了一看，这么穿的人不过三两个，穿无尾晚礼服的人一个人都没有，其他人都是穿得颜色各异、做工考究的西装。

"话虽如此，但那是阿滨犯了错，穿藏青色才是正式的。"

"你还这么说……你看，看看那个外国人，那不也是针织衫？所以穿什么都可以吧……"

"才不是呢，不管别人怎么样，自己总该穿得正式些！洋人穿成那副德行就来了是日本人不讲礼仪造成的。还有啊，怎么说来着？像阿滨那样久经沙场、舞姿曼妙的人，自然另当别论，可是让治，你要是不收拾体面，根本就看不下去。"

舞池那边一时停了下来，响起了热烈的掌声。原来是管弦乐停了，他们似乎想再跳一会儿，热情地吹起了口哨、捶胸顿足，"安可"①声不断响起。这时音乐又开始了，停下的舞步又开始继续旋转。过了没多久，音乐又停了，大家再喊"安可"……反复了二三次之后，不论怎么鼓掌也听不到演奏了。刚才跳舞的男人只好跟在舞伴后面，像随从一样护卫着，大家成群结队地回到了位子上。滨田和小政把绮罗子和穿粉红色洋装的女子送到各自的位子上，为她们拉开椅

---

① 安可，英语Encore的音译，意思是再来一曲。

子,还郑重地鞠了一躬,之后不久他们一起来到我们面前。

"嗨,晚上好。很悠闲呢。"滨田说。

"怎么了,不去跳舞吗?"小政粗鲁的语气一如往常。他站在娜奥美身后,从上往下打量她那耀眼的盛装。

"要是你没约到人,下一场就和我跳吧!"

"才不要呢,小政,你跳得太烂了!"

"别说傻话了,我又没有掏钱去学,能跳成这样也够意思了,已经很让人难以置信了。"

他的大蒜鼻孔大张,嘴成个"八"字,嘿嘿傻笑着说,"我生来就有慧根,灵活得很!"

"哼,别逞威风!看你和那个穿粉红洋装的女人一起跳舞的样子,就知道你也不是个好东西!"让我惊讶的是,娜奥美一走近这个男人,就会立马爆出一堆粗鄙话语。

"咳,都是这家伙害的。"小政缩着脖子挠着脑袋,回头看了一眼远处位子上的粉红女郎。

"我自认脸皮够厚,可还是敌不过那个女人,穿着那件洋装就冲到这里来了。"

"那是什么呀,简直像个猴子。"

"哈哈哈,猴子?你真会扯,真的像个猴子!"

"瞧你说的,还不是你自己带来的吗……说真的,小政,完全见不得人,你还是提醒她一下的好。想要看起来洋气,那种长相是无能为力的。那张脸本身就是张日本脸,纯日本脸。"

"总之,是在做可悲的努力。"

"啊哈哈哈,的确如此,简而言之就是猴子在做可悲的努力。长得洋气的人就算穿和服也还是很洋气。"

"就是像你这样的人。"

娜奥美趾高气扬地哼了一声,得意地冷笑道:

"那是,我看起来还像混血儿。"

"熊谷君。"滨田好像注意到我了,样子有些扭扭捏捏,所以才以这种方式称呼小政。

"这么说来,你和河合先生不是第一次见面吧?"

"啊,见过很多次了……"

被称作"熊谷"的小政还站在娜奥美椅子背后,他厌恶的目光越过娜奥美的后背,笔直地射向我。

"我叫熊谷政太郎……在此自我介绍,还请关照……"

"本名熊谷政太郎,小名叫小政……"娜奥美抬头看着熊谷的脸。

"喂,小政,机会难得多介绍一点怎么样?"

"不,不行,说多了就暴露了……详细情况麻烦你问娜奥美。"

"哎呀,真讨厌,我哪知道什么详细情况?"

"哈哈哈!"

被这些人缠着不放让我有些不悦,但娜奥美乐开了花,和他们说得热闹,我无奈也只好跟着说笑。

"来,滨田、熊谷,你们不坐一会儿吗?"

"让治,我口渴了,给我买点什么喝的吧。阿滨,你要什么?柠檬露?"

"欸，我都可以……"

"小政，你呢？"

"反正有人请客，麻烦来杯碳酸威士忌。"

"哎哟，真少见，我最讨厌人家喝酒了，嘴都喝臭了。"

"臭就臭，有句话叫臭味相投。"

"你是说那只猴子？"

"啊，不行，我要是说她就得道歉了。"

"哈哈哈。"娜奥美毫不顾忌周围的人，笑得前仰后合，"让治，叫服务员过来一下——一杯碳酸威士忌，三杯柠檬露……喔，等等，等等，我不要柠檬露了，换成水果鸡尾酒。"

"水果鸡尾酒？"我从没听过这种饮料，我很好奇娜奥美怎么知道，就问："鸡尾酒不就是酒吗？"

"不是吧，让治连这都不知道……哎，阿滨和小政也听听，这个人就是这么土里土气的。"

娜奥美说"这个人"的时候还用食指戳了戳我的肩膀。

"说真的，我也是没办法才和这个呆头呆脑的家伙来这里跳舞。他老是迷迷瞪瞪的，刚才还差点滑倒了！"

"那是地板太滑。"滨田就像为我辩护一样，接着说，"谁一开始都是呆头呆脑的，习惯了就慢慢地得心应手了……"

"那么，我怎么样？我还不算得心应手？"

"不，你不一样，娜奥美你胆子大……你是个社交天才。"

"阿滨不也是个天才？"

"咦，我呀？"

"是呀,不知不觉就和春野绮罗子交上了!喂,小政,你怎么看?"

"嗯,嗯。"

熊谷凸出下唇,收拢下巴,点头示意。

"滨田,你向绮罗子献殷勤了吧?"

"别开玩笑了,我才没干那种事!"

"不过阿滨你这样满脸通红地解释还真可爱呀。你也有坦诚之处嘛。哎,阿滨,你不叫绮罗子小姐过来吗?去吧!把她叫过来!介绍给我认识认识。"

"你少来,叫来你又要挖苦人吧?你的刻薄话,真让人吃不消。"

"安心啦,我不会挖苦你的,你把她叫过来吧,热热闹闹的不是更快活?"

"那,我也把我那只猴子给叫来吧!"

"噢,也好,也好。"娜奥美回头看着熊谷,说道,"小政也把猴子叫来,大家聚在一块儿。"

"嗯,好的。不过新的一场舞已经开始了,我和你跳一支再去喊她呗!"

"我不喜欢和小政跳,没办法,就跳一支吧!"

"别这么说,别这么说,你才刚学会就养成这种习惯了。"

"那让治,我和他跳一支舞就过来,等会儿我再和你跳。"

我想我的表情一定很悲伤,很奇怪。娜奥美突然站起来,挽着熊谷的胳膊走进了再次欢腾旋转的人群中。

"呀，下支曲子是第七支狐步舞吗……"滨田和我找不到好的话题可以聊，有点尬，他从口袋拿出节目表看了看，缓缓站起身。

"那个，我失陪一下，下支曲子我和绮罗子小姐约好了……"

"啊，去吧，不必介怀……"

等那三人都走了，服务员端着碳酸威士忌和所谓的"水果鸡尾酒"来了，四杯饮料摆在我面前，我只能一个人茫然地望着舞池的景色。不过，本来我也不想跳舞，我主要是想看看在这种场合，娜奥美能有多引人注目，还有她跳舞是怎样一番风情，最后，这样反而让我轻松了。于是我松了一口气，感觉被解放了，以热切的目光追逐着在人潮之间若隐若现的娜奥美。

"嗯，跳得相当好！这样绝对拿得出手了……她的确在这方面很有天赋，让她学这个果然没错……"

她的脚穿着可爱的舞蹈草履、套了双白布袜子，脚尖踮起，一圈圈地回转，华美的长袖也随之翩翩起舞。每迈出一步，和服的下摆就如蝴蝶上下翻飞。她扶着熊谷肩膀的雪白手指与艺伎拨动琴弦使用的拨子如出一辙，绚烂的腰带紧紧勒住她的胴体——她宛若一支香花，在人群中格外醒目。颈项、侧颜、正脸、后颈与发际——这样看来，和服还是不能舍弃的，不单如此，是因为有不少女孩穿着类似粉红洋装的奇装异服吗？她那花里胡哨的穿衣嗜好也没有那么不堪了，我之前一直为此暗自担心。

"哎呀，好热，好热！怎么样，让治，我刚才的舞姿你都看到了吗？"跳完舞的她回到了桌子边，一把把水果鸡尾酒拖到自己面前。

"嗯哪，看到了，那曼妙的舞姿，完全不像是头一次跳舞的。"

"真的吗？那下一支一步舞我和让治一起跳吧！喂，好不好啦……一步舞很简单的。"

"你的伙伴呢？滨田和熊谷去哪儿了？"

"啊，马上就过来了，他们去叫绮罗子和猴子了……再叫两杯水果鸡尾酒吧！"

"和你说哟，好像刚刚那个粉衣服和洋人一起跳舞呢！"

"欸——怎么会那样？那不是又滑稽又可笑吗？"娜奥美凝视着杯底，喉咙咕噜咕噜地作响，她润了润口，接着说，"那个西洋人压根不是她朋友，只是突然走到猴子那里，邀她跳舞。也就是说，对方只是在轻视她，连自我介绍都没有就邀人跳舞，肯定是把她归为妓女之流了。"

"那么，拒绝不就好了吗？"

"所以说嘛，这才是可笑至极的地方。那只猴子一看对方是个洋人，就无法抗拒地和人家跳起来！真是个大蠢蛋，简直是恬不知耻！"

"但是，你也不该这样肆无忌惮地说别人的坏话。我在旁边听着都提心吊胆的。"

"有什么要紧，我有我自己的考虑——什么嘛，那种女人听这种话更配，不然我们这边可能会招来麻烦的。连小政都说了她这样做让人很困扰，非得提点提点不可哇！"

"男的说，那当然是没什么问题啦，但……"

"喂！阿滨带绮罗子过来了，女士来了要立马站起来噢！"

"那个，我介绍一下……"滨田以士兵"立正"的姿势，正式地站在我们两人面前。

"这位是春野绮罗子小姐。"

如此场合,我又自然而然以娜奥美为基准比较起来:这个女人是比娜奥美更好看,还是不如她呢?如今从滨田后面踱出来的绮罗子,故作娴静,嘴角浮现出从容自信的笑容,看上去像是比娜奥美大个一两岁。不过,在生动活泼、娇柔可人方面,或许是由于她个子矮吧,和娜奥美没什么差别,要是比较服装的奢华程度,那她还要更胜一筹。

"初次见面……"绮罗子彬彬有礼,垂下了那双小巧溜圆又水灵灵的灵动眸子,还微微收了收胸和我们打招呼。不愧是女演员,她的言谈举止中完全没有娜奥美那样的粗野鄙陋。

娜奥美的所作所为已经超越了活泼的范畴,实在太过粗俗。说话带刺、言辞粗野,欠缺女人该有的优雅,一不小心就流于鄙陋。简单概括,她就是一只野兽,与她相比,绮罗子就是一件洗尽铅华、精雕细琢的珍品,遣词用句的斟酌,眉眼高低的把握,举手投足间尽显高雅。比方说,她于桌旁就座,握住鸡尾酒杯时,从手掌往手腕看,你会留意到她的纤细,仿佛连轻轻垂落的衣袖都承受不起。她与娜奥美肌理的细腻度和肤色的妖艳度又孰优孰劣呢?我观察了好几次她俩放在桌上的四只手,反复观瞧,着实难辨,但两人的面容截然不同。要是说娜奥美长得像玛丽·毕克馥,是个美国妞,绮罗子就是意大利或是法兰西那一带淑女中略带狐媚的幽艳美人。倘若以花作比,娜奥美是开于荒野的野花,绮罗子是绽于室内的娇花。那张紧致的圆脸上的玲珑鼻子,肉薄得几近透明!只有能工巧匠打造的人偶才有这样的鼻子,连婴儿的鼻子都怕没有这么秀气。我到最后还留意到她的牙齿,娜奥美平时对一口漂亮牙齿引以为傲,可绮罗子的牙如同一粒粒珍珠整齐地排列在绮罗子的殷红小口中,恰似切开的红瓜里大小一致的种子。

在我感到自卑的同时,娜奥美也一定感到自卑。绮罗子落座以来,娜奥美不复刚才的傲慢,别说冷嘲热讽了,突然间她变得一言不发,场面一度冷了下来。但是,不服输的她,顾忌到是自己说"叫绮罗子来吧",不久又恢复了往日的调皮。

"阿滨,别不开腔说点什么吧……那个,绮罗子小姐是何时与阿滨结为好友的呢?"娜奥美像这样渐渐地打破了沉默。

"在下吗?"绮罗子说着睁开了清澈明亮的眼睛,"就是这段时间。"

"在下——"娜奥美也被对方"在下"的谦卑口吻所吸引,模仿着说,"方才有幸得见您如此精妙的舞技,必是下了不少心思学习。"

"非也,在下很早以前就开始跳舞了,只是一直不见长进,实在是笨拙呀……"

"哪有,才没有这种事呢!对吧阿滨,你怎么看?"

"跳得当然是极好的,绮罗子小姐是在演员培训班正式练出来的嘛。"

"哎呀,你怎么那样说!"绮罗子突然露出貌似羞怯的表情,低下了头。

"但是你真的跳得很棒,环顾四周,男子中阿滨跳得最好,女子中就数绮罗子小姐了⋯⋯"

"哎呀⋯⋯"

"干吗呢？这是舞蹈评选大会吗？男人中最受欢迎的不该是我吗？"这时熊谷带着穿粉红洋装的女人过来，插了一句。

根据熊谷的介绍，这位粉红女郎是青山那边实业家的女儿，名叫井上菊子。二十五六的岁数，早已过了适婚年龄——后来听说，她两三年前已经嫁人了，只是太爱跳舞最近为此离婚了——她特意穿了裸露肩膀和手臂的晚礼服，大概是为了彰显肉体的丰盈与艳丽。如今与她相对而坐，与其说是丰盈的美人，倒不如说是肥胖的半老徐娘更为妥帖。比起瘦弱的身形，肉感的她理应比谁都更适合穿洋装才对，但这副相貌实在无力回天。像是把东洋人偶的脑袋安在西洋人偶的身子上，她的眉眼与洋装无缘——要是保持原样也还看得过去，可她为了拉近彼此的缘分不辞辛苦，处处画蛇添足地大动干戈，最终白白糟蹋了原本还将就的面容。仔细看你就会发现，她眼睛上的眉毛果真是假的，真眉毛隐藏在发箍下面。加上蓝色的眼影、腮红、美人痣、唇线、鼻梁线⋯⋯整张脸给作弄得很不自然。

"小政，你讨厌猴子吗？"突然娜奥美又旧事重提。

"猴子？"听了这话，熊谷差点噗地笑出声来，他忍着笑说，"说啥？干吗问这么奇怪的问题？"

"我家里养了两只猴子，所以要是小政喜欢，我可以分你一只。怎么样，小政？你喜欢猴子吗？"

"哇，你在养猴子吗？"菊子一本正经地问。

娜奥美的眼中缓缓泛起恶作剧的狡黠，忘乎所以地问：

"是啊,养着呢。菊子小姐喜欢猴子吗?"

"在下什么动物都喜欢,像是小猫小狗……"

"那猴子呢?"

"嗯,也喜欢。"

这一问一答实在太荒诞了,熊谷在一旁捧腹大笑,滨田拿手绢捂着嘴嘻嘻嘻地笑,绮罗子似乎也有所觉察,微微一笑。然而,菊子作为局外的老实人,还没发现自己被人嘲弄了。

"哼,那个女人真是个蠢货,是不是理解能力有问题呀!"

不久,第八支一步舞开始了,熊谷和菊子朝舞池方向走去,娜奥美毫不顾忌绮罗子在场,以下流的口气如此说道,"哪,绮罗子小姐,您不这么觉得吗?"

"啊,怎么说好呢……"

"不是吗?那家伙给人的感觉就像一只猴子,不是吗?所以呀,我才专门提起猴子的哟!"

"哦。"

"大家都笑得那么开心,她还没发觉,真是个蠢蛋呢!"

绮罗子用半惊愕半轻蔑的眼神偷偷地瞄了瞄娜奥美的脸,由始至终,以一句"哦"敷衍她。

十一

"来，让治，一步舞开始了。我和你跳，一起来吧！"

在娜美的劝说下，我终于有了与她共舞的光荣。

就算我再怎么不好意思，也想在这里试试平日所学，尤其有可爱的娜奥美做舞伴，当然相当欢喜。即使拙劣到沦为笑柄，这份拙劣却能让娜奥美更受人瞩目，倒不如说这才是我的本意。而且，我还有一种奇怪的虚荣心，那就是想听到大家评价说："看起来这是那个女人的丈夫。"换句话说，我想大肆炫耀地对他们说："这个女人归我所有。怎么样，来看看我的宝物吧！"一想到这里，我感到既高兴又痛快。好像至今为止为她付出的牺牲和辛苦，一下子就得到了回报。

看她刚才的样子，今晚大概是不想和我跳舞的吧。在我变得舞技超群以前，她怕是不愿意和我共舞的。不愿意就不愿意，我也不会在那之前提出要与她共舞。就在我几乎已经放弃的时候，她说出了"我要和你跳舞"，她一句话不知让我多开心。

我还记得，那时我兴奋得像发了热病一样，执着娜奥美的手，迈出了第一步，之后我就沉迷其中了。我越是沉迷，就越听不到音乐，脚步凌乱得很，眼前的一切也恍恍惚惚，心脏悸动得过于强烈，与在吉村乐器店的二楼时跟着留声机跳舞截然不同，在这人潮之中，我不知何去何从，没有半点头绪。

"让治，你抖个什么劲儿呀！你不好好跳可不行。"进了舞池，娜奥美始终在我耳边斥责个没完没了。

"看啦看啦，你又打滑了！那是因为你转得太急了！再缓一点！再小声一点！"她这么一说我更加头昏眼花了。加上为了今晚的舞会，地板打了不少蜡，滑得不得了，我还将这里当作练舞室，一不留神，马上就打滑。

"那里！那里！我不是说了不要抬肩膀吗？肩膀再放低一点！再低一点。"说着，娜奥美使劲甩开我握着她的手，她常常猛地按住我的肩膀，冷冰冰的。

"啧，别握得那么紧行不行！都要贴到我身上来了，捏得我动弹不得……看，你的肩膀又抬高了！"

这也没什么，好像我就是为了被她吼才来跳舞的一样，只不过她的斥责我都没听进耳朵里。

"让治，我受够了，不跳了！"不一会儿，娜奥美气鼓鼓地丢下我，跑回了座位，明明人们还在高呼"安可"，她却不顾这些。

"啊，真吃惊，我完全没法和让治跳下去，请你在家多练练吧！"

滨田和绮罗子回来了，熊谷回来了，菊子也回来了，桌子周围再度热闹起来，我却完全沉浸在幻灭的悲哀中，默默沦为娜奥美嘲笑的对象。

"哈哈哈，像你这样说来，胆小的人不就更不敢跳舞了吗？好

十一 | 097

了，别说了，他要跳就跳吧！"

熊谷的话再次触到我的逆鳞。"他要跳就跳"是什么意思？把我当成什么了？这个小兔崽子！

"什么呀，你根本没有娜奥美说的那么笨，跳得更差的人还有很多，不是吗？"和我说完，滨田又接着对绮罗子说，"怎么样，绮罗子小姐，下一支狐步舞你和河合先生一起跳，行吗？"

"哈哈，那请吧……"绮罗子依旧保持着女演员特有的和蔼点了点头。

但是，我赶忙一边摆手一边说：

"哎呀，那怎么行，那怎么行！"我惊慌失措到近乎滑稽可笑。

"这有什么不行的？像你这样过于客气才是真的不行。对吧，绮罗子小姐？"

"是啊……真的有请你……"

"不，真的不行，这如何使得，还是等我练好了再邀请小姐一起。"

"人家都邀请你去跳了，你就老老实实地跳不就好了！"娜奥美好像将我能受邀看作我极大的光彩似的，气势逼人地说，"让治只和我一个人跳可不行……去吧，狐步舞已经开始了，跳舞就是要不断地尝试新舞伴才能长进。"

"Will you dance with me？"

这时，我听见一个声音，原来是刚才和菊子一起跳舞的那个年轻洋人，他身材高挑，像个女人似的在脸上涂着白粉。他径直走到娜奥美的身旁，弯着身子，背弓圆形，脸上堆满笑容，语速飞快地一股脑儿说了,大概是在奉承她。我只听懂他用厚颜无耻的腔调说"please,please"。娜奥美露出为难的表情,满脸通红,连生气的样子都没有,只是微微一笑。她倒是也想拒绝,可是如何委婉地表达出来呢?以她的英语水平一时间竟一句话也说不出口。洋人见娜奥美笑了,当作是同意了,一边催促她"来吧",一边强硬地要求她予以回应。

"Yes……"她这么说着,不情愿地站起来时,脸颊仿佛要烧起来似的涨得通红。

"哈哈哈,那家伙也有这种时候,平时那么神气,一见洋人就硬气不起来了。"熊谷嘎嘎地笑了。

"洋人脸皮一厚起来真让人困扰,刚刚我也是,完全不擅长应对。"菊子说。

"那么,还请您赏光。"

绮罗子还在等着我,不管愿不愿意我都得这么说。

不只是今天,严格地说,在我眼里,大体上只有娜奥美一个女人。当然看见美人我还是会感受到她们的漂亮。但是,美则美矣,我仅仅是远观,绝不亵玩,我只想悄悄地凝视她们的美。施列姆斯卡娅夫人是一个例外,即使是这个例外,我那时所经历的心驰神往,恐怕也不是通常的情欲。说到"情欲",大概就是太过于神韵缥缈,而难以捕捉的梦境吧?而且对方是和我们完全不同的外国人,又是舞蹈老师,比起绮罗子,让人感觉更轻松。绮罗子身为日本人,又是帝国剧院的女演员,更何况她还穿着绚丽夺目的华服。

但出乎意料的是,和绮罗子跳起舞来很轻松。她柔若无骨,像棉花一样,手的软嫩,宛若触到了树叶的新芽。而且她很能领会我的步调,即使是和我这样糟糕的舞伴跳舞,她也能像一匹良驹般与我完全同调。这样一来我滋生出一种难以言说的轻松快感。我的心忽然喜不自禁地振奋了,我的脚自然地迈出了活泼的步伐,我像是骑上了旋转木马,可以毫无阻碍地飞旋,奔向任何地方。

"畅快!畅快!这太不可思议了,太有趣儿了!"我不由得这么想。

"哎呀,你跳得挺好的,完全没有觉得你的舞步不好配合呢!"

骨碌!骨碌!骨碌!如水车一般的回旋中,绮罗子的声音掠过我的耳畔……好温柔,好朦胧,的确是绮罗子的甜美嗓音……

"不,没有那回事,是因为你跳得好。"

"没有,你是真的……"顿了一会儿,她又说,"今天晚上的乐队非常棒!"

"哈哈!"

"要是音乐不好,怎么跳都不尽兴。"我才留意到绮罗子的嘴唇正好在我的太阳穴下方。看来这是这个女人的习惯,就像刚才和滨田跳舞的时候一样,她的鬓角一直触着我的脸颊。被发丝温柔拂过的心情……还有不时流露出的隐约的细语呢喃……对于长期被娜奥美这匹悍马践踏的我而言,这是连想都没想过的极致"女人味"。总觉得,像是她温和的手抚摸着我被荆棘刺痛的伤痕……

"我本来很想拒绝他的,可那个洋人没有朋友,要是不同情一下他,他也太可怜了。"不久,娜奥美回到餐桌边,带着些许沮丧的表情为自己辩解。

第十六支华尔兹结束时将近十一点半,之后又额外加了几首。娜奥美说要是太晚了就打车回去,我好说歹说才让她答应走到新桥赶末班电车。熊谷、滨田也带着舞伴一同沿着银座大道跟在后面,把我们送到那一带。大家的耳边仿佛还在回响爵士乐队的演奏,只要其中一人哼起旋律,其他人也跟着节奏附和。我不懂音乐,他们的灵巧、超强的记忆力以及那年轻而欢快的声音,只让我感到嫉妒。

"啦,啦,啦啦啦……"娜奥美以非常高的音调,跟着节拍行走。

"阿滨,你喜欢哪支曲子?我最喜欢《大篷车》[1]。"

"噢,《大篷车》,"菊子以癫狂的声音说,"那支曲子棒极了!"

"不过,我……"绮罗子接过话茬,说道,"我认为《霍斯帕林格》[2]也不错哟,那支很适合跳舞。"

"《蝴蝶夫人》[3]不是很棒嘛!我最喜欢那一首了。"滨田说着立刻用口哨吹出了《蝴蝶夫人》的旋律。

我们在检票口与他们道别,站在冬夜寒风四起的站台上等电车的时间里,我和娜奥美都没怎么开口。我的心被欢乐过后的寂寥填满。娜奥美当然丝毫没有这样的感觉。

"今晚可真有意思,我们过几天再去吧!"她如此提议,我只是索然无味地应了声"嗯"。

---

[1] 爵士乐曲。1935年由杜克·艾林顿和艾林顿乐团的长号鼓手黄蒂佐作曲。
[2] 爵士乐曲。
[3] 《蝴蝶夫人》是由意大利作曲家普契尼(Giacomo Puccini)创作的歌剧。

什么？这就是所谓的舞会吗？欺瞒至亲，夫妻争吵，弄到最后哭笑不得，我所体验的舞会竟是如此可笑的闹剧吗？他们不就是一群虚荣无比、阿谀至极、自我陶醉还装模作势的乌合之众吗？

那么，我又是为了什么赶赴舞会呢？就为了向他们炫耀娜奥美？倘若如此，我自己也不过是虚荣心的集成体。话说回来，我那引以为傲的珍宝又是什么模样呢？

"怎么样，你啊你，把这个女人带到那里，果真如你所愿，让世人大吃一惊了吗？"

我不得不以自我嘲讽的心情对自己说——

"你啊你啊，'无知者无畏'说的就是你呀。诚然，这个女人对你而言是世上无双的至宝。但你把这至宝搬上华丽的舞台又如何呢？虚荣无比又自我陶醉的乌合之众！你真会说，这群乌合之众的集大成者不就是这个女人吗？自命不凡、恶语伤人、惹人嫌恶，你觉得这究竟是谁呢？被西洋人误认为是妓女，连一句简单的英语都说不来，张口结舌做了对方舞伴的好像不止菊子小姐一个人呀。而且，这个女人那种粗暴的说话方式又算是什么呢？自居为淑女，遣词用句却如此不堪入耳，难道菊子小姐与绮罗子的涵养不是远远在她之上吗？"

这种不愉快的、不知是悔恨还是失望的情绪，还有些许难言的嫌恶，直到那天晚上到家为止一直缠绕在我心头。

电车里，我也有意坐在她对面，想再仔细地端详端详自己面前的娜奥美。自己到底是相中了她哪一点，才会神魂颠倒到如此地步？是那个鼻子？还是那双眼？如此细细盘点之下，未曾料想到的是，那张平日里对我而言极富魅力的面容，今夜实在是乏味到愚蠢可笑。

于是，我记忆深处又隐约浮现当初与这女孩的初次相见——她在那家钻石咖啡厅时的身影。与现在相比，当年要可爱得多。那时的她天真烂漫、带点孩子气，羞怯内敛还有几分忧郁，与今天这个粗俗鄙陋、盛气凌人的女人没有半点共通之处。我痴恋那时的娜奥美，并将这种习惯延续至今，不知不觉间，这个女人早已成了让人不堪忍受的讨厌鬼。看看那意图彰显"我是最聪明的女人"的矫揉坐姿！再品品她那傲气凛然的尊容，仿佛时刻倾诉着"我是绝代佳人""世上再没有像我这样又时尚又洋气的美女了"。谁都不晓得，唯独我知道她连一句英语都说不好，连主动语态和被动语态都分不清楚……

  我偷偷在心中对她破口大骂。她这时身子微挺，仰面朝天。我正好能从座位上看到她那最具西洋特色的狮子鼻，鼻孔漆黑，两个黑洞的左右堆满了肥厚的鼻肉。如今想来，我与她的鼻孔朝夕相对，已经很是熟悉。每天晚上，我抱着她睡觉时，常常以这样的角度窥视这黑洞，前几天我还为她擦过鼻涕，爱抚过她的鼻翼四周，有时我也会将这个鼻子与自己的鼻子如楔子般交错在一起，也就是说，这个鼻子——附着在这个女人脸上的小肉块，俨然已化作我身体的一部分，丝毫不像是他人之物。可是，若是抱着如此心情望去，更加深感这鼻子的恶心和肮脏。在饥饿难耐时，人们常常狼吞虎咽难吃的东西，等到肚子慢慢填满了，又会觉察刚才吭哧吭哧吃进去的东西是多么难以下咽，顿时翻江倒海涌来呕吐之感——说白了，我约莫就是这种心情。一想到今晚也要一如往常地与这个鼻子相对而眠，就徒生出食之乏味的厌弃，真想大喊一声"我已经吃腻了这道菜"。

  "这大概是母亲对我的惩罚。意图欺骗父母享一时之快的人不会有好下场。"我如是想。

　　不过，读者们要是就此推测我已对娜奥美厌烦，可就错了。不，我到现在也没有这样想，那只是一时之念，一回到我们大森的家，二人独处，电车里的"满腹牢骚"就烟消云散了。娜奥美的每个部位，眼也好，鼻也好，手也好，脚也好，又再度充满蛊惑，每一样都是我永不腻烦的绝世佳肴。

　　我在那之后，经常和娜奥美去跳舞，但每次都嗅到她的缺点，因而回去的路上总是心情不佳。但，这样的情绪总是持续不了多久，我对她的爱憎，有如猫的眼睛，一夜之间可以变幻流转无数次。

十二

　　滨田、大森,还有他们的朋友,大多是舞会上认识的男子,如今频繁地出没于大森往昔冷清的家里。

　　他们多半在我下班到家的傍晚来,然后大家打开留声机,跟着曲子起舞。娜奥美十分好客,家里也没有需要顾虑仆人或是老人,再加上画室很适合用来跳舞,他们经常玩得不记得时间。刚开始还有些顾虑,说到了饭点就回去,可娜奥美总爱强行挽留说:"等等!怎么就要回去呀!留下来吃饭嘛!"最终形成了请客的惯例,只要他们来,一定要订"大森亭"的西餐做晚餐款待。

　　潮湿的梅雨季节,某个夜晚滨田和熊谷来到家里玩,我们聊到十一点过,外面下起狂风暴雨,雨哗哗地打在玻璃窗上。因此两人嘴上都说"走了,走了",脚步却略显踌躇。

　　"啊呀,天气太糟了,这样子等会儿也回不去了,今晚就住这儿吧!"娜奥美忽然这么说。

　　"欸,好不好?住一晚吧……小政肯定会答应吧?"

　　"嗯,我随便怎么都行,可……滨田要回去的话我也回去。"

　　"阿滨不要紧的,对吧,阿滨。"娜奥美说着偷偷看了看我的脸色，接着说，"好了啦，阿滨，你不必如此见外，要是冬天被子不够还难办了，现在就四个人，凑合一下怎么都能住下。再说明天是礼拜天，让治也在家，怎么睡懒觉都不要紧的。"

"如何？还是住下别走了吧？雨下得太大了。"我没办法也跟着劝说。

"好嘛，就这么办啦，我们来商量明天玩什么吧！对了，对了，晚上还可以去花月园。"

最后两人都住下来，只是，"蚊帐要怎么解决？"我说。

"蚊帐只有一顶，大家一起睡好了。这样不是更有趣吗？"这种事对娜奥美来说很新奇吧？她咯咯地笑着说，像去修学旅行一样。

这让我很意外。我原本打算把蚊帐留给他们两个，我和娜奥美点着蚊香在画室的沙发上凑合一晚就得了，我想都没想过四个人睡一间房。可是，娜奥美已经打定主意，另外两人也未对此表示不愿意……和平时一样，我还在犹豫不决的时候，她已经飞快地做好了决策。

"来，铺被子了，你们三个也来帮忙！"她一边发号施令，一边爬上了阁楼四叠半的那间房。

被子要怎么铺好呢？因为蚊帐很小，四个人的枕头不能排成一列。于是三个人并排竖着睡，一个人横着睡。

"啊，这样不就行了？三个男人并排睡那里，我一个人睡在这里。"娜奥美说。

"嚯，这下了不得了。"蚊帐一挂好，熊谷一边往里面看一边这么说。

"怎么看都是个猪圈，大家横七竖八地睡作一堆！"

"横七竖八不也挺好,你就别穷讲究了!"

"哼,就因为受人照料?"

"这是当然,反正今晚基本上是睡不着了。"

"我会睡着的,而且是鼾声如雷的呼呼大睡!"熊谷咚地狠狠跺了一脚,穿着衣服最先钻进了蚊帐。

"你想睡我还不让呢!阿滨——不能让小政睡着唷,他要是快睡着了你就挠他痒痒。"

"啊,太闷热了,实在是睡不着啊……"

睡在中间的熊谷跷着二郎腿,他右侧穿西装的滨田脱得只剩一条西裤和一件衬衫,苗条的身体仰卧着,腹部一下子瘪得凹陷下去。就像在静静聆听屋外的雨声似的,他把一只手放在额头上,另一只手啪嗒啪嗒地摇扇子,让人听着感觉更加闷热。

"再说那什么来着,我只要有女人在,总觉得不能静下心来睡觉。"

"我可是男人,不是女人哟,阿滨不也说感觉我不像个女人吗?"

蚊帐外,昏暗处,娜奥美换睡衣时裸露的背雪白,很是显眼。

"啊,话是这么说啦……"

"……还是我睡在你旁边,你就感觉像个女人了?"

"啊呀,就算是吧。"

"那,小政呢?"

"我不介意,压根就没把你算作一个女人。"

"不是女人是什么呢?"

"唔……你,你就算头海豹吧。"

"哈哈哈,海豹和猴子哪个更好?"

"哪个我都消受不起。"

熊谷故意发出困倦的声音。我躺在熊谷的左边,默默听着三个人喋喋不休,可娜奥美一爬进来,我就在暗中密切关注她到底会把头朝向哪一个人。她必须把头朝向一个人,她会朝我这一头还是滨田那头呢?之所以如此介怀是因为娜奥美的枕头放在中间,一个暧昧的位置,看不出到底偏向哪一方。我总觉得刚才铺被子时她是故意这样放的,这样方便她之后想朝哪边就朝哪边。这时,娜奥美换上了粉红色绉纱睡袍,终于钻进来,她笔挺地站着问:

"关灯吗?"

"要得,你关咯……"这是熊谷的声音。

"那我关了唷……"

"啊,好痛!"

熊谷刚说完,娜奥美就跳上他的胸口,把男人的身体当作凳子,从蚊帐里啪的一声拉下了开关。

屋子暗了下来,但外面电线杆上的路灯映照在玻璃窗上,房间里模模糊糊能分辨出彼此的脸和衣服,娜奥美跨过熊谷的脑袋,跳到自己的被子上的一刹那,睡衣下摆倏地一下掀起一阵风掠过我的鼻子。

"小政,不抽支烟吗?"娜奥美并没有马上睡觉,她像男人一样张开大腿坐在枕头上,俯视着熊谷说。

"喂!把脸转到这边来呀!"

"他妈的,你是存心不让我睡觉。"

"呵呵呵呵,快!转到这边来!不然我就要折磨你喽!"

"啊,痛啊!好了,住手,快住手!我可是个活人,就不能稍微尊重一点嘛,一下把我当凳子踩一下又踢我,我再怎么结实也扛不住。"

"呵呵呵……"

我一直看着蚊帐的顶部所以不太清楚,娜奥美好像是拿脚尖使劲推了男人的脑袋。

"真拿你没办法。"熊谷说着翻过身来。

"小政,你醒了吗?"响起的是滨田的声音。

"是咯,醒了,因为遭受了残酷的迫害。"

"阿滨,你也转向这边来,不然你也要遭迫害。"

滨田跟着翻了一下身,好像把肚子翻到了下面。

熊谷同时从袖子里摸出火柴,发出窸窸窣窣的声响。接着他划着了一根,我的眼皮上方一下子亮了起来。

"让治,你也转到这边来好不好?一个人在干什么呢?"

"唔,唔……"

"怎么了,你困了?"

"唔,唔……刚迷迷瞪瞪都快要睡着了……"

"呵呵呵,你真会扯,不是故意在装睡吗?对吧,难道不是那样?你是不是担心了?"

我被她一语道破,即使闭上了眼睛,也感觉到脸涨得通红。

"我没事的,只是这样闹着玩而已,所以你大可以安心睡觉……要是你还是不放心,就把脸转过来如何?完全不必硬撑。"

"人家其实是想被你迫害一下吧！"说这话的是熊谷，他点了根烟，猛地啜了一口。

"我不要！迫害这样的人也没什么用，每天都在干着呢！"

"小两口可真是恩爱哪。"滨田如此说，却言不由衷，只是对我的一种恭维罢了。

"欸，让治，虽然……要是你想被迫害我就迫害你一下？"

"不必，已经够多了。"

"要是够多了，你就转到我这边来，像你这样一个人待在旁边不是奇怪吗？"

我翻了个身，把下巴搁在枕头上。于是娜奥美膝盖拱立，双腿呈八字形张开，两只脚一只对着滨田的鼻尖，一只对着我的鼻尖。至于熊谷，把头插进"八"字之间，优哉游哉地抽着敷岛。

"让治先生，这番风景你觉得怎样？"

"嗯……"

"'嗯'是什么意思？"

"他惊呆了，你当真是一只海豹。"

"对，我就是只海豹，现在海豹正在冰上休息。面前还躺着三只公的。"

黄绿色的蚊帐好似密云低垂般自头顶垂落……暗夜中依旧能看见披散的黑长秀发中的脸是白皙的……凌乱的睡袍下显露出胸脯、胳膊、小腿肚……这是娜奥美平日诱惑我的众多姿势之一。每每一见到她摆出这种姿势，我就化作了等待她投喂饵食的野兽。我在黑暗中分明觉察到，娜奥美又以一如往常挑逗表情，以包藏祸心的眼神微笑着，直直地俯视着我。

"什么惊呆了，别瞎说了。你那一见我穿睡袍就无法忍耐的怪癖，今晚你之所以忍着是因为大家都在。对吧，让治先生，我说中了吧！"

"别胡扯！"

"呵呵呵，你要这么逞威风，就让我来降服你吧！"

"喂，喂，能不能安静一点？那些话劳烦你们留到明晚再说吧。"

"赞成！"滨田也跟在熊谷后面附和。

"今晚要公平对待所有人。"

"我哪里不公平了？为了不引起怨恨，我朝阿滨伸出了这只脚，又朝让治伸出了这只脚……"

"那我呢？"

"小政你最划算了，离我最近，不是还把头伸到了那样的地方吗？"

"荣幸之至。"

"就是，我最优待你了。"

"不过，你难道要这样坐一整晚吗？到底你睡觉的时候要怎么办？"

"是啊，该怎么办呢？头要朝哪一边呢？选阿滨还是选让治呢？"

"头朝哪一边都不是什么大问题吧？"

"不是哟，不是这样哟，小政在正中间是不要紧，但对我而言是个问题呀！"

"是吗，阿滨？那，头就朝阿滨那边吧！"

"所以这才是问题，要是你头朝我这边我会很担心，要是朝河合先生那一边，我又会不放心……"

"而且，这女人睡相很差。"熊谷又插话，"要是不留神，睡在她脚这头的家伙也许半夜会被踢飞出去！"

"是这样吗？河合先生，她的睡相真的很糟糕吗？"

"是啊，很糟糕，还不是一般的糟糕。"

"喂，滨田。"

"干吗？"

"你睡迷糊了搞不好还会舔她的脚板！"熊谷这样说着，嘎嘎大笑起来。

"舔我的脚板又有什么不妥？让治一直都舔着呢，他说比起脸蛋还是小脚更可爱呢！"

"那是一种恋物癖吧！"

"本来就是嘛，欸，让治，你说是不是？你其实更喜欢我的脚对吧？"

之后，娜奥美说"必须公平对待"，脚一会儿对着我这头，一会儿对着滨田那头，每隔五分钟左右换一次，在床上来来回回折腾了好久。

"啊，又轮到滨田对着脚了！"她躺着说，身体像圆规般抬起两只脚转来转去，有时踢到蚊帐顶部，有时从这头把枕头丢到那头。由于这只海豹过于活跃，加之有一半被子露在蚊帐外，这下蚊帐蹭地一下翻卷起来，有几只蚊子趁机闯了进来。"哎呀，不行了，好多蚊子！"熊谷猛然坐起，开始驱赶蚊子。不知道是谁踩到了蚊帐，把吊绳弄断了，蚊帐掉了下来。在掉落的蚊帐里，娜奥美更加手忙脚乱地胡闹。接好吊绳，重新挂好蚊帐又花了好长时间。等到这场骚动渐渐平息下来，东方已经开始泛白……

雨声、风声、旁边熊谷睡着的鼾声……我的耳边听着这些声音，终于昏昏沉沉有了睡意，不多时又醒了过来。这个房间两个人睡都嫌窄，再加上黏在娜奥美皮肤和衣服上的甜香、汗味发酵过后，弥漫了整个房间。今晚这里又多了两个大男人，更加令人窒息，密闭的空间里，好似即将要地震般酷热难耐。有时熊谷一翻身，汗淋淋的手还有膝盖就会滑溜溜地黏在一起。再看娜奥美，枕头虽在我这边，上面搁着一只脚，另一条腿膝盖拱起，把脚背伸到我的被子下，头朝滨田的方向歪着，双手大大地摊开，沉入了香甜睡梦。就连假小子也累了吧！

"小娜美……"我一边听着大家平静的呼吸，一边嘴里这样呢喃着抚摸她在我被子下面的脚。啊，这双脚，睡得香甜的人儿的这双雪白美丽的脚，这的确是我的所有物。在她还是个小姑娘的时候，我每天晚上都把这双脚泡在热水里，用肥皂仔细地洗，这肌肤多么的柔嫩啊——十五岁起，她的身体迅速发育，唯独这双脚像是从未发育，依然小巧可爱。是的，拇指仍和那时一模一样。小指的形状、脚后跟的圆润、脚背的隆起，不还是分毫不差吗……我情不自禁地、轻轻地，将我的唇印上那脚背。

天亮后，我再次迷迷糊糊地睡着了。过了一会儿，我被一阵哄笑声惊醒，只见娜奥美正往我的鼻孔里塞纸捻。

"怎么了，让治，醒了？"

"啊，几点了？"

"已经十点半了，但起来也无事可做，干脆一觉睡到大中午好了。"

雨停了，礼拜天碧空如洗，房间里闷热的气息依旧残留，难以消退。

十 三

当时，我这种放荡的状态，想必公司里无人知晓。我在家里和在公司的生活截然不同。当然，我即使是在处理事务的时候，脑海里也始终萦绕着娜奥美，但那并不妨碍工作，更不必说引人察觉了。因此，我自以为在同事眼中，我仍旧是个正人君子。

然而，某一天——那是梅雨天尚未结束的阴沉夜晚，同事之中有个叫波川的技师，这次公司任命他前往洋行，大家在筑地的精养轩为他举行送别会。我还是一如往常地出于礼节敷衍一下，聚完餐，吃过甜点，大家三三两两结伴由食堂转战吸烟室，边喝餐后酒边闲聊。我心想差不多可以回去了，刚站起来，就有人奸笑着叫住我。

"喂，河合君，你坐下。"这人是名叫S的男同事。S微微带了些许醉意，他和T、K、H等同事占领了一处沙发，他强硬地拉我坐到他们正中央。

"嘿，这下你逃不掉了。这是要去哪里呀？这阵还下着雨。"S这么说着，抬头望着我呆立在那儿的茫茫然的脸，再次奸笑起来。

"没，没打算去哪儿……"

"那就是，直接回家咯？"说这话的是H。

"啊，对不住各位，我先失陪了。我家在大森，这种天气路不好走，不早点回去怕没有车了。"

"哈哈哈，你可真是会说。"这次开口的是T。

"喂，河合君，你的热包子流汤——露馅了哟！"

"什么呀……"

"露馅"是什么意思？我难以听懂T的话，有些狼狈地反问。

"真是让人大吃一惊呀，我一直以为你是个君子……"接着K满是佩服地歪歪头，说，"听说河合君居然也会去跳舞，时代当真是进步了。"

"喂，河合君。"S一边环顾四周，怕人听见，一边把嘴附到我的耳边，问道，"那个，和你走在一起的漂亮美人是谁？什么时候也给我们介绍一下！"

"不是，不是什么值得介绍的女人啦……"

"但是，不是说她是帝国剧院的女演员吗？咦，不是那样吗？也有传闻说是电影演员，还有人说是混血儿。不说出那个女人的住处就不让你回去。"

没察觉到我露出愠色，说话结结巴巴。S兴奋地把膝盖探出身子，一脸认真地问道："欸，你不跳舞就不能约那女人出台吗？"

我差一点就要脱口骂出"笨蛋"来。我还以为公司里不会有人发现，哪晓得已经被人发现了。不单如此，由S这个"酒色之徒"的口吻推断，他们根本就不信我们是夫妻，而是把娜奥美当作了随传随到的那种女人。

"笨蛋，你怎么能打别人老婆的主意，还要'叫出来'，嘴巴给我放干净点！"对于这种难以忍受的侮辱，我当然想气急败坏地破口大骂。不，有一瞬间，我的确一下子变了脸色。

"哎呀，河合，河合，告诉我嘛，拜托了！"那些家伙都看准了我人好，厚颜无耻到没有下限，H说完，回头看着K说，"欸，K，你是打哪儿听到这些消息的？"

"我是从庆应的学生那里听来的。"

"嚯，他们怎么说的？"

"我一个亲戚是酷爱跳舞的疯子，所以经常出入舞场，他认识那个美女。"

"喂，叫什么名字？"

"名字叫……欸……是个怪名字，纳奥米……是叫……娜奥美吧……"

"娜奥美？果然是个混血儿啊……"S这么说着，嘲弄似的瞥了我一眼，说，"如果是混血儿，就不是女演员了吧。"

"那女人好像是朵骚得不行的交际花。她勾引了不少庆应的学生。"

我露出痉挛般的怪笑，嘴角也一个劲地颤抖。可听K说到这里，我的浅笑一刹那冻结了，僵在脸上动弹不得，眼珠子也好似猛地深陷到眼窝里。

"哼哼，这下子有戏了！"S满面狂喜地说。

"你那个亲戚也是学生，也和那女人有过什么吗？"

"哎呀，这我就不清楚了，但是他的朋友里有两三个人和那个女的有一腿。"

十三 | 117

"别说了,别说了,河合会担心的——快看,快看,他脸色变成那样了!"T这么一说,大家一下子都抬头看着我笑了。

"这有什么,让他稍微担心一下也不打紧。谁让他瞒着我们想独占那样的美人儿,心眼真是坏!"

"哈哈哈,怎么样,河合君,君子也不妨偶尔担心一下!"

"哈哈哈!"

我哪里还顾得上生气。完全听不到谁说了什么,只剩下他们的哄笑声在我两耳边嗡嗡作响。一时之间,我不知所措,不知如何才能好好地逃离这场面。要哭吗?还是要笑呢——可是,要是一不留神说了什么,恐怕会被嘲笑到体无完肤。

总之我就这样魂不守舍地冲出了吸烟室。之后我站在泥泞的马路上,被冰冷的雨淋透,神思恍惚。感觉好像有什么东西从后面追上来,我不断地朝着银座方向遁逃而去。

来到尾张町左边的又一个十字路口,我朝新桥走去……倒不如说,我的脚完全脱离了大脑,无意识地朝那个方向走去。被雨淋湿的人行道上,街头璀璨炫目的光芒映入我的眼中。尽管天气不好,还是有许许多多的人涌上大道。啊,艺伎撑着伞走过,年轻的姑娘穿着法兰绒走过,电车驶过,汽车驶过……

娜奥美是非常厉害的交际花。她勾引了不少庆应的学生?这种事……有可能吗?有可能,的确有可能,要是看了娜奥美近来的举动,就不难想象。其实我自己私底下也很在意,不过是因为围在她周围的男性朋友太多,反而安心了。娜奥美是个孩子,又很活泼。正如她自己所说"我是个男孩子",所以才喜欢聚集一群男孩,天真无邪、热热闹闹地嬉笑打闹。假使她有什么心思，有这么多的人在，也不能偷偷干出什么来，难道她……这么想来，这"难道"是不祥的。

但是，难道……难道这事实并非事实？娜奥美虽然狂妄自大，但品德高尚。我对此很了解。虽然表面上她瞧不上我，但对从她十五岁起将她养育至今的我心存恩义。她屡屡在就寝时含着泪表示绝对不会做出背信弃义的事情来，我对她的话深信不疑。那K的话——说不定，那是公司的坏家伙们在戏弄我？真要是这样就太好了……可是，K的那个学生亲戚是谁呢？仅是那个学生知道的就有两三个人和娜奥美有一腿？两三个人？是滨田……还是熊谷？要说可疑，这两人最可疑。可要是那样，这两个人怎么没有吵架呢？不一个一个单独过来，而是一起来，关系融洽地和娜奥美玩是怎么一回事呢？是用来骗我的障眼法吗？是因为娜奥美手段高超，两个人互相不知情吗？不，比起这些最重要的是，娜奥美真的堕落至此吗？如果和两个人发生过关系，之前那个晚上还能挤在一起睡？那么恬不知耻的举动都做得出来？倘若果真如此，她的所作所为不是比卖淫女还要更过分？

我不知什么时候过了新桥，笔直地沿着芝口大道啪嗒啪嗒踩着泥浆走向金杉桥。雨水没有丝毫缝隙，禁锢了天地，从前后左右紧紧裹牢我的身体，从伞上滑落的雨淋湿了穿着雨衣的肩膀。我心里想着，啊，那个男女挤在一起入眠的晚上，也是这样的雨。在钻石咖啡厅第一次向娜奥美表明心迹的那个晚上，也下着这样的雨。只不过那时是春天。这么说，今夜，在自己浑身湿淋淋地行走在这里的时候，会不会有人去大森的家？是不是又男男女女挤在一起睡了？——这样的疑虑突然浮现。滨田和熊谷坐姿不雅地围坐在娜奥美身边，喋喋不休地

十三 | 119

讲着笑话……淫乱画室的光景还历历在目。

"对了，现在可不是磨磨蹭蹭的时候。"

想到这里，我急忙赶到田町的停车场。一分钟，两分钟，三分钟，电车终于在第三分钟来了，我从未体验过如此漫长的三分钟。

娜奥美，娜奥美！自己今天晚上为什么要丢下她在家？娜奥美没有我在身旁是不行的，这是最糟糕不过的事——我只要看到娜奥美的脸，这种焦躁不安的心情就能得到救赎。我祈祷，只要听着她那豁达的说话声音，望着她那天真无邪的瞳，疑团就能消散。

可是，话虽如此，如果她再次提出要男女挤在一起睡，自己该说些什么呢？在这之后，我对她、对靠近她的滨田和熊谷，还有其他不三不四的家伙，应该持怎样的态度呢？我就算触怒她，也该毅然地严防死守吗？她若是老老实实地服从当然好，可她要是反抗我又当如何是好？不，没有那种事。只要我对她说"我今晚受到了公司那帮人的严重侮辱。为了不被世人误解，你也要稍微注意一下举止"，这不同于其他情况，即使是为了她自己的名誉，也应该会听我的话才对。如果她连自己的名誉与遭人非议都不管不顾了，那就的确可疑，K的话应该属实。如果……啊，要是发生了那样的事……

我努力地冷静下来，尽可能地静下心来，想象着最坏的结果。如果她欺骗我的事情被揭露出来，我能原谅她吗？说实话……没有她我一天也活不下去了。她堕落的罪过一半理应归我，如果娜奥美真诚地忏悔道歉、痛改前非，我也就不想再责备她什么了，也没有责备的资格。我担心的是她那倔强的性格，尤其她对我更强硬，纵使把证据放到她面前，她大概也不会轻易对我低头。她就算低头了，会不会心里也没有半点悔改之意，根本不把我放在眼里，三番两次犯同样的过错呢？会不会到头来我们因为彼此固执己见而分手呢——这是我最为恐惧的事。坦率地说，比起她的贞操，这个问题更让我头疼。要追究她或者监督她，我先得有预防之策才行。到了她对我说"要是这样我就搬出去"的时候，我得有只说一句"随你去哪里"的觉悟才行……

但是我知道，在这一点上，娜奥美同样也有弱点。她和我在一起过日子才可以这样尽情挥霍，一旦被赶出去，除了千束町那肮脏的家之外，哪里有她的容身之所？要真演变成那样的结果，除非她真的去当一个卖淫女，否则谁还会对她百般奉承。以前暂且不说，娇生惯养至今的她，于虚荣心也无法忍受这种事。滨田或熊谷他们说不定会收养她，但她应该也明白，以他们学生的身份，无法让她享受我曾给予她的富裕生活。这么一想，我让她尝到奢侈的滋味是件好事。

对了，这么说起来，娜奥美在英语课上撕练习册的时候，我生气地喊"滚出去"，她不就投降了吗？那时她要是真的走了，我不知道会有多难受，但她的难受定然胜过我的难受。因为有我才有她的今天，要是从我身旁离去，最终她又会再度沦落到社会的底层，供世人驱使。对她来说那一定非常可怕。那种恐惧到今时今日也并无二致。现在她也十九岁了，年纪大了多少懂些道理，她应该更清楚地感觉到了这一点。倘使如此，万一我吓唬她："滚出去！"她未必会认真执行。她约莫知道，我只是以这种显而易见的威胁，看她会不会害怕……

我在到达大森车站之前，找回了一些勇气。无论发生什么，我都不会让娜奥美和我的命运分离，这一点我想毫无疑问。

来到家门口,我不祥的想象灰飞烟灭,画室里黑漆漆的,似乎一个客人也没有,寂然无声,只有阁楼上四叠半的房间亮着灯。

"啊,一个人在家里啊……"

我一下子安心了。"这样就好了,我真幸福。"我不禁生出这样的念头。

我用备用钥匙打开玄关紧闭的门,一进门我马上打开画室的灯。一看,房间依然凌乱不堪,但的确没有客人来过的迹象。

"小娜美,我回来了……到家了哟……"

我这么喊也没得到任何回应,于是爬上梯子,在四叠半的房间,我看见娜奥美一个人躺在铺好的床上,睡得很香。这于她并不罕见,要是无聊,不论白天黑夜,管他什么时间她都会钻进被子里看小说,看着看着就香甜地入睡是常有的事。看着她纯真无邪的睡颜,我愈发安心。

"这个女人在骗我?会有这种事吗?这个……在我眼前呼吸平稳的女人?"

我悄悄地坐在她枕边,以免扰了她的睡意,屏住呼吸久久凝视她的睡姿。从前,狐狸化为美丽的公主欺骗男人,睡觉时会现出原形,褪去皮囊——不知为何,我想起小时候听过的这个童话。睡姿不雅的娜奥美,又小又薄的棉睡衣完全扒了下来,两腿之间夹着衣襟,袒胸露乳,一只胳膊支起,手臂有如弯曲的树枝搁在胸口上,另一只胳膊软软地伸着,正好在我坐的枕头边的膝盖一带。她头朝着胳膊伸出的方向侧躺着,几乎要从枕头滑下。在她的鼻尖处,一本摊开的书就落在那儿。那是一本被她誉为"当今文坛最伟大的作家"——有岛武郎的小说《该隐的后裔》。我的眼，在书本草草装订的纯白洋纸与她雪白的酥胸之间流转交错。

总的来说，娜奥美的肤色时黄时白，但在她熟睡和刚起床的时候，总是非常鲜亮。仿若在入睡的时候脱尽了体内的油脂，变得有若凝脂。一般情况下"夜"与"黑暗"如影随形，但我常常一想到"夜"，就不禁联想到娜奥美肌肤的"白"。与正午无处不在的明亮的"白"不同，那是被肮脏的、满是污渍的被子，即被破布包裹着的"白"。正因如此，更惹我沉迷。我深情地凝视着她，在灯罩阴影下的胸部仿佛从湛蓝水底清晰浮现的某物。醒时那般明朗欢快、变化无穷的面庞，此刻眉头却忧郁地深锁好似喝了苦药，又好似脖子被勒住而露出神秘的表情，我很喜欢这样的睡颜。"你睡着时的表情与平时大不相同，好像在做噩梦"——我常常这样说。"这样她的死相一定也很美！"如此念头也屡屡浮现。纵使这个女的是狐狸，要是她的原形如此妖艳，我宁可欢欣雀跃地沉醉其中。

我约莫静默地坐了三十分钟。她的手从灯罩阴影处伸到了明亮处，手背朝下，手掌朝上，有如刚绽放的花瓣般轻轻握着，手腕处脉搏轻缓的跳动清晰可见。

"什么时候回来的？"

嘶，嘶，嘶，平稳的呼吸有了些许紊乱，不久她睁开了眼睛，那忧郁的表情还残存了些许……

"刚回……回来一小会儿了。"

"怎么不叫醒我？"

"叫了，但你没醒，我就没再惊动你。"

"坐在这里干吗呢……看我睡觉的样子？"

"嗯。"

"哼，怪人！"说着，她像小孩一样天真烂漫地笑了，手伸出来搁在我膝盖上。

"我今晚独自一人，好无聊。以为会有谁来，结果谁都没来玩……欸，Papa，还不睡吗？"

"也可以睡了……"

"好，快睡吧！我没盖被子就睡了，被蚊子咬得到处都是。你看，咬成这个样子！帮我挠挠这里嘛！"

我按她说的，给她挠了一会儿胳膊和后背。

"啊，谢咯，好痒好痒，受不了了——对不起，能不能帮我拿一下放在那里的睡衣？然后再帮我穿上？"

我拿了睡袍，把瘫倒成"大"字形的她搂起来。在我帮她解开腰带，更换衣服的时候，娜奥美故意装得精疲力竭，手脚无力得像尸骸一样。

"挂上蚊帐，Papa也早点睡吧！"

十 四

　　那天晚上两个人的枕边话不必冗长地一一赘述。娜奥美一听我复述完精养轩的对话，立刻破口大骂："妈的，真失礼，不会说话的混球们！"然后一笑了之。简单说来，当时的社会还不能体谅社交舞的存在。只要男人和女人手牵手跳起来，就臆测他们之间有什么见不得人的关系，马上予以评价。再加上对新时代的流行抱有反感的报刊等媒体，写些不实报道恶意中伤，一般人只要谈起跳舞，就认为是极其不健康的活动，所以我们必须要有横竖会遭人非议的思想准备。

　　"况且，我从未和让治以外的男人单独相处过啊。对吧——难道不是这样吗？"

　　去跳舞时和我在一起，在家里玩乐时也和我在一起，难得我不在客人也从来不止一个。即便客人一个人来，只要她说"今天家里只有一个人"，客人大都会有所顾忌自行离开。她的朋友里没有那么不守规矩的男人——娜奥美曾这么说：

　　"不管我多么任性，我还分得清好坏。如果我想骗让治那我一定能骗到他，但我绝不做那种事。我光明正大，没有任何事瞒着让治。"

"这我也知道,只是听人家这样议论,我心里不好过罢了。"

"不好过,那你说要怎么办呢?难道你要说以后都不去跳舞了吗?"

"也不是一定不能去,可是小心一点比较好,尽量不要惹人非议。"

"我现在就是像你说的一样小心交友嘛!"

"所以,我也没有误解你呀!"

"只要让治不误解我,其他家伙说什么我都不怕!反正我行为粗暴,说话刻薄,大家都不喜欢我……"

接着她又以多愁善感、娇滴滴的口吻反复说,只要我相信她,爱她就足够了。自己不像个女孩子,当然会结交男性朋友,男孩子个性爽朗,她自己虽然也喜欢,但只是和他们玩,不带半点情色意味的下流想法。最后又一如往常地重复什么"不会忘记十五岁那年起的养育之恩"啦,什么"觉得让治既是父亲又是丈夫"啦。说着陈词滥调的她潸然泪下,又让我拭去那泪水,又接连不断地落下如雨点般的吻。

可是,这么久的谈话中,她出人预料地一次都没有提过滨田与熊谷的名字,出于有意?仅是偶然?我其实想说起这两人的名字,看她会做何反应,终究错过机会没说出口。诚然,她说的话我并非百分之百相信,可是,要是心存疑虑,那么事事可疑,没有必要连过去的事都刨根问底,只要以后注意监督就行了……不,一开始想采取强硬态度,逐渐的,态度却变得暧昧起来。在泪与吻之间,我听到夹杂着抽泣声的低喃,虽然怀疑这是谎言,心中有些踟蹰,最后还是当了真。

这样的事发生过后,我不露痕迹地观察娜奥美的样子,她似乎在一点点地以尽量自然的方式改变原先的态度。舞会去是去,但不像以往那么频繁,即使去了也不会跳太久,会把握一个适当的分寸。客人也不常来玩闹。我从公司回来,总看到她一个人乖乖地待在家里,看小说、编织小物,要不就是静静地听留声机,或者在花坛里种花。

"今天也是一个人在家吗?"

"嗯嗯,一个人呢,谁都没来玩。"

"那,不寂寞吗?"

"只要一开始打算独自一人,就不会寂寞了,我没事的。"她又接着说,"我虽然喜欢热热闹闹,也并不讨厌冷冷清清。小时候我没有朋友,总是一个人玩。"

"啊,如此一说好像是这样呢!你在钻石咖啡厅的时候,和同事们都不怎么说话,有些忧郁。"

"咦——是吗?像我这样的疯丫头,内在的本性是忧郁呐……你不喜欢忧郁吗?"

"温顺自然很好,可要是忧郁就难办了。"

"你是说比起这一阵子,倒不如胡闹的好吗?"

"好多少就不得而知了。"

"我变成一个乖孩子了吧?"她突然扑向我,两只手搂紧我的脖子,无比激烈地狂吻我,我几乎要晕眩。

"有一阵子没去跳舞了,怎么样,今晚去一趟?"我随即邀请她。

"都可以……要是让治先生想去的话……"她愁眉苦脸地回应道。有时候也会说:"不如去看电影吧,今晚我不想跳舞。"

四五年前单纯的快乐生活又再度回到了我们两人之间。在独属于我和娜奥美的二人时光,我们几乎每晚都去浅草看电影,回家路上找一家餐馆,一边吃晚饭,一边诉说怀念的往事,"那时候是这样……",又或是"原来如此",耽溺于回忆之中。"你那时个子矮,坐在帝国剧院的栏杆上,抓着我的肩膀看电影。"我一说完,她就接着说:"让治刚来钻石咖啡厅时,板着一张脸,一声不吭,只是从远处目不转睛地盯着我的脸看,让我有些害怕。"

"欸,Papa你这一阵子都不给我洗澡了呢,那时一直都帮我擦洗身子的,不是吗?"

"啊,是吗?是吗?以前还有过这种事吗?"

"什么叫'有过',以后不帮我洗了吗?是不是嫌我长得这么大,不愿意给我洗了?"

"怎么会不愿意?现在也还想帮你洗,其实我是在避嫌。"

"这样吗?那么,请你给我洗吧,我又变回Baby了。"

有过这样的对话之后不久,恰逢沐浴的时节,我再次把扔在储藏室角落的浴缸搬到画室,帮她擦洗身体。"大Baby"——我曾这样说过,那之后历经四年岁月洗礼的娜奥美,如今从躺在澡盆里的傲人身长看来,已经完全蜕变成了"大人"。一解开就有如黑云密布的浓密头发,圆润的体态让各处关节凹出了酒窝,肩膀更加厚实,胸脯与屁股愈发富有弹性,波涛汹涌,优雅的双腿似乎愈发修长了。

"让治,我个子是不是多多少少长高了些?"

"啊,是长高了。现在已经和我差不多了。"

"现在,我就快比让治高了,之前我测了下体重,我快五十三公斤了。"

"哇，吓到了，我还不到六十公斤呢！"

"可是让治还是比我重，明明是个小矮子。"

"当然比你重，再怎么矮，男人的骨架也结实占分量。"

"现在让治还有没有勇气当马让我骑……刚来的时候经常这么玩不是吗？对吧，我跨上你的背，用手绢当缰绳，喊着'驾，驾，吁——吁'在房间里绕来绕去……"

"唔，那时你还轻，大概只有四十五公斤。"

"现在你可就要被我压垮咯！"

"哪里会垮，你要是不信就来骑骑看！"两个人说笑的最后，像以前一样玩起了骑马游戏。

"来，我变成马了。"

我说着，四脚着地趴下来，娜奥美"扑通"一下骑上我的背，五十三公斤的重量压上来，用手绢做缰绳让我咬在嘴里。

"哎呀，多小的一匹瘦马！振作一点。驾，驾！吁，吁！"她一边叫着，一边饶有兴趣地用脚夹住我的肚子，使劲拉着缰绳。我为了不被她压垮拼尽全力撑住，挥汗如雨地在房间里绕来绕去。直到我精疲力竭，她才停下这场恶作剧。

"让治，今年夏天要不要去趟久违的镰仓？"

到了八月，她说。

"我就只去过一回，还想去玩嘛！"

"的确，那之后就没去过。"

"就是啊，所以今年就选镰仓吧，那不是我们的纪念地吗？"

娜奥美的这句话让我多么高兴啊。正如娜奥美所说，我们的新婚旅行？——嗯，说起来新婚旅行去的是镰仓。对我们而言，没有比镰仓更值得纪念的地方了。从那以后，每年都去某个地方避暑，完全忘记了镰仓，可是娜奥美却提起了它，真是一个绝妙的主意。

"去，必须去！"我如是说，二话不说地同意了。

商量得差不多了，我向公司请了十天假，紧闭大森的家门，月初两人出发到了镰仓。我们租住在一家叫植摠的花店，位于长谷大道去御用邸的路上，租的是花匠的客房。

我最初打算这次不住金波楼，找家稍微漂亮点的旅馆投宿，没想到竟租了间房。因为娜奥美带来了花匠要出租客房的消息，她说："听杉崎女士说非常方便，很不错。"娜奥美说，住旅馆不划算，还要顾虑旁边的住客，租房是最佳方案。幸运的是，杉崎女士的亲戚是东洋石油公司的董事，有一间租了就没住过的房，可以让给我们，这样不是很好吗？那位董事约好以五百日元租金，租用六、七、八三个月。可只住满了七月就在镰仓待腻了，如果有人想租，随时欢迎。有杉崎女士的介绍，租金什么的都好商量……

"喂，哪里还有这样的好事，就住这儿吧！这样的话也不要多少钱，能住整整一个月呢！"娜奥美说。

"但是我还要去公司上班，玩不了那么久。"

"话虽如此，去镰仓的话，每天坐火车不就行了，对吧！不行吗？"

"可是，要是你不先看看到底喜不喜欢那里……"

"好，我明天就去看，那要是我喜欢就这么定了？"

"定下也行,不过要是白住我也过意不去,这一点一定要事先谈好……"

"这我知道,让治太忙了,要是没问题我就去杉崎老师那里付钱给她。怎么都要一百日元或者一百五十日元的……"

就这样,娜奥美一个人紧锣密鼓地进行着,房租被谈到一百日元,钱也由她付清了。

我有点担心,但是亲自去看过以后发现房子比想象中的还要好。租的房子与主屋分离,是一栋独立的平房。除了八叠和四叠半的客厅与会客室,还有玄关、浴室、厨房,有两个门,从庭院可以直通大道,也不用和花匠的家人打照面,看来两人在这里组成新家也可以。我难得在纯日本式的新榻榻米上盘腿而坐,面前摆着长方形火盆,很是惬意。

"啊,这里真不错,心情都舒畅了。"

"这房子很棒吧?和大森的房子比,哪边好?"

"这边要安逸得多,感觉住多久都没问题。"

"好好瞧瞧,我就说要住到这里来嘛!"娜奥美得意地说。

有一天——大概是到这里来的三天之后,我们中午去游戏,大约游了一小时,之后两人躺在沙滩上。

"娜奥美小姐。"冷不防有人在我们的头上这么喊。

我抬头一看,原来是熊谷。他好像刚从海里上来,湿泳衣紧紧贴在胸口,海水沿着毛茸茸的小腿啪嗒啪嗒滴下来。

"噢哟,小政,你什么时候来的?"

"今天刚来——我想这身影一定是你,果然没错!"熊谷向大海举起手,大喊,"喂——"

冲了过去,"喂——"

大海那头不知是谁给了回应。

"谁,那边是谁在游泳?"

"是滨田啦——我今天和滨田、关、中村四个人来的。"

"啊,那太热闹了,住在哪里的旅馆呢?"

"啊呀,哪有那么宽裕,因为实在太热了,没办法才来的,当天就回去。"

娜奥美和他闲聊时,滨田上来了。

"哟,好久不见!好久没联络了——怎么回事,河合先生,最近没怎么见你去跳舞。"

"不是我怎么了,是娜奥美说她已经去腻了。"

"是吗?那就不稀奇了——你们什么时候到的?"

"两三天前,租了长谷花匠的客房。"

"那可真是个好所在,承蒙杉崎老师关照,约好租满这个月。"

"真是好兴致。"熊谷说。

"那么,你们暂时要住在这里?"滨田说,"不过镰仓也有舞场。其实今晚海滨酒店就有一场,要是有人作伴我想去。"

"我才不愿意。"娜奥美斩钉截铁地说。

"这么热,可没法跳舞啊,等过几天凉快了再去吧!"

"说的就是,跳舞本就不适合夏天。"说完这话,滨田扭扭捏捏,唐突地对熊谷说,"喂,小政——再去游一回怎么样?"

"不去了,我已经累了,打算回去。等会儿去休息一下,回到东京天也要黑了。"

"等会儿去休息,是要去哪儿?"

娜奥美问滨田。

"有什么好玩的事吗?"

"什么呀,阿关的叔叔在扇谷有栋别墅。今天大家都被拉去那里,说要请我们吃饭,但我们想着太拘谨,打算不吃饭就开溜。"

"哦?那么拘谨吗?"

"拘谨得很,拘谨得很!女佣一出来就行跪拜大礼,太累人了。那样子饭还怎么咽得下去——是吧,滨田?不如回去,我们到了东京随便吃点什么就行!"

虽然这么说,熊谷却没有马上起身,脚伸直一屁股坐在沙滩上,抓起沙子撒在膝盖上。

"那,这样如何,和我们一起吃晚饭吧?好不容易来都来了……"

因为娜奥美、滨田、熊谷都一言不发,我感觉要是自己不这么说,就会显得很尴尬。

十 五

那一晚，我们久违地吃了顿热热闹闹的晚饭。滨田、熊谷，之后再加上关和中村，在客房客厅八叠大的房间里，宾主六人围坐在矮饭桌边，一直聊到十点左右。我刚开始怕这帮小伙子会把这次租的房子弄得乱糟糟所以不愿意，但偶然会面观察下来，他们活力四射、不拘小节、意气风发，没让我有丝毫不快。娜奥美也周到大方、端庄得体、款待热情，令人非常满意。

"今天晚上可真是有意思，偶尔会会那些家伙也不错。"我和娜奥美送他们到停车场等末班车，之后携手走在夏夜的路上边走边聊。那是个繁星璀璨、海风吹拂的凉爽夜晚。

"是吗？那么有意思？"听娜奥美的语气，似乎也对我的好心情感到欣慰。然后，她稍稍想了一下说：

"要是接触那帮家伙久了就会发现，他们并没有那么坏。"

"是啊，的确不坏。"

"但是，会不会很快又来找你呢？关先生不是说过他叔叔在这里有别墅，以后会经常带大家来玩吗？"

"那又怎么了，又不会老像这样涌到我们的住处来……"

"偶尔来一回不要紧，要是老来就很困扰了。要是下次再来，就不必盛情款待了。用不着请他们吃饭，差不多的时候打发他们回去就是了。"

"可是，总不能把人家轰出去吧……"

"没有什么不能的事，我会说'你们太碍事，麻烦赶紧滚'，我会风风火火地把他们都轰走——这种事说不得吗？"

"哼，又要被熊谷嘲讽了。"

"被嘲讽又有什么打紧，人家好不容易来镰仓度假，跑来碍事的家伙才有问题！"

两人来到幽暗的树荫下，娜奥美说着悄悄停下了脚步。

"让治。"

当我明白甜美、微弱，如申诉般的声音有何深意时，我无言地将她的身体拥在两手之间。就像大口吞尽最后一滴潮水时一样，我急切地品尝她的唇……

这之后，十天假期转瞬即逝，我们幸福依旧。按照最初的计划，我每天从镰仓去公司上班。曾说"要经常来玩"的那帮小伙子大概只在一星期后来过一回，之后就再没见过踪影。

于是乎，到了月末因为我有一件紧急的调查任务要解决，有时回来得很晚。一般我都是七点之前回来，和娜奥美一起吃晚饭，但那一阵我在公司加班到九点，等回到家就十一点多了——连着五六天晚上都是如此，事情就发生在第四天。

那一晚我本来应该留到九点，但是任务提前处理完了，八点就离开了公司。我同往常一样从大井町搭乘省线电车到横滨，再换乘火车,在镰仓下车,当时还不到十点。每晚……说是这么说,其实也就三四天。这段日子老是拖到现在,经常晚归,所以我想早点赶回去看看娜奥美的脸,舒舒服服地吃晚饭,比平时更心急,在车站前搭了人力车到御用邸路边。

炎炎夏日,我的身子在公司里工作了一天,然后又乘坐火车一路颠簸,这个海岸夜晚的空气有种无法言喻的柔和,倍感心旷神怡。并不仅限于今晚,那天晚上也是傍晚时分,突然下了一场阵雨。从濡湿的草叶,露珠滴落的松枝,还有缓缓升起的水蒸气,都能感觉到一股寂静的香味悄悄袭来。夜色里,也能看见水塘处处泛着光,沙地路面却已尘土不扬,干得恰到好处。车夫奔跑的脚步声,像是踩在天鹅绒上一样,轻轻地、静静地落在地面。似乎是别墅的某户人家,绿篱深处传出留声机的声响,偶尔有一两个穿着白色浴衣的人影徘徊,好似自己来到了避暑胜地。

我在木门口打发人力车离开,从庭院往客房的走廊方向走去。我以为听到我的脚步声,娜奥美会马上走出那扇纸拉门,然而纸拉门内灯火通明,她像是不在家,万籁俱寂。

"小娜美……"

我喊了两三声,却没人回应。我打开走廊上的纸拉门,屋子里空无一人。泳衣、毛巾、睡衣等衣物随意散落在墙上、拉门、壁龛各处,茶具、烟灰缸、坐垫也甩了满客厅,和往常一样,乱得一塌糊涂。可总觉得,没有半点人的气息——那绝不是刚刚才出门的寂静,我以对恋人特有的直觉感受到了。

"到哪里去了……大概两三个小时以前就……"

尽管如此,我还是去厕所瞧了瞧,又到浴室看了看,谨慎起见,我还走到厨房门前,下楼梯到水槽下打开电灯探了探。目之所及是不知何人大吃大喝后留下的正宗①酒瓶,以及西餐的残渣。对了,说起来烟灰缸里还堆了好多烟蒂。无须多想,定是那帮家伙又不请自来了……

"老板娘,娜奥美好像不在,你知道她去哪里了吗?"

我冲到主屋,问植㮈的老板娘。

"啊,你是说小姐吗……"

老板娘将娜奥美称作"小姐"。虽然是夫妻,但娜奥美希望对外宣称我们仅仅是同居情侣,又或是年轻的未婚夫妻,要是不这称呼娜奥美就会非常不高兴。

"小姐那个,下午回来过,吃完饭又和大家出去了。"

"你说的大家是指?"

"那个……"老板娘有些欲言又止地说,"和那个熊谷家的少爷,还有,大家一起……"

租房的老板娘只知道熊谷的名字吗?她以"熊谷家的少爷"称呼熊谷让我觉得很意外,不过,现在我没有问这问题的空闲。

"下午回来过一次,那就是说她白天也和大家在一起吗?"

"午后,小姐独自一人去游泳,之后和熊谷家的少爷一起回来的……"

"和熊谷两个人?"

---

① 日本清酒名。

"嗯……"

我本来那时还没有那么慌张，可老板娘的话好像有些难以启齿，那种神情中不知如何是好的色彩越来越强烈地表现出来，渐渐让我不安。我虽不想让老板娘看穿我的心事，可我的语气不由得急躁起来。

"那又是怎样的？压根不是一群人一起嘛！"

"嗯，那时是只有两个人，后来他们说今天饭店白天有舞会，就出去了……"

"然后呢？"

"然后到下午，一大群人回来了。"

"晚饭大家是在房子里吃的吗？"

"嗯，不知为何很是热闹……"说着，老板娘一边揣度我的眼神，一边苦笑。

"吃过晚饭又出去是几点呢？"

"欸，那是，是八点的时候吧……"

"那么已经有两个钟头了。"我不由得脱口而出。

"这么说在宾馆里吗？老板娘有听到什么吗？"

"我不太清楚，不过是在别墅吧……"

啊，这么说起来，那就是关的叔叔的别墅，我记得是在扇谷。

"啊，去别墅了吗？那我去接她回来，老板娘你知道在哪里吗？"

"嗯，就在长谷海岸……"

"咦，长谷吗？我确信那时听到的是扇谷……嗯，该怎么说呢，虽然我不知道他今晚是否来过这里，我说的是娜奥美的朋友，一个叫关的男孩，他叔叔的别墅……"听我这么一说，老板娘脸上猛地闪过惊讶的表情。

"不是那个别墅吗……"

"啊……那个……"

"你说的长谷海岸的那个，到底是谁的别墅？"

"那是……熊谷家的亲戚的……"

"熊谷的？"

我霎时脸色刷白。

"请试着从车站往左穿过长谷大道，沿着海滨酒店前的道路直走，路通往海岸。位于尽头转角的是大久保先生的别墅，他是熊谷家的亲戚——"老板娘说的这些，我都是头一回听说。娜奥美也好，熊谷也好，直到此刻也从未向我提起过这回事。

"那栋别墅，娜奥美经常去吗？"

"嗯是的，怎么了……"话虽这么说，但我并没有看漏老板娘那惴惴不安的举止。

"可是，今晚肯定不是头一回吧？"

我呼吸急促，声音颤抖得无法自持。可能是我怒气冲天的样子令她感到胆怯，老板娘的脸色也吓白了。

"放心，我不会给您添麻烦的，请没有顾虑地告诉我。昨天晚上怎么样？昨晚也出去了吗？"

"嗯……昨天晚上好像也出去了……"

"那，前天晚上呢？"

"嗯。"

"也出去了？"

"是的。"

"大前天晚上呢？"

"是的，大前天晚上也……"

"从我晚归开始，每天晚上都是这样吗？"

"嗯……我也记不清了……"

"那么，她通常几点回来呢？"

"大概几点……差不多十一点之前……"

原来两个人从一开始就在合伙骗我！所以娜奥美才来了镰仓！我的头脑犹如被暴风席卷，我的记忆以非常快的速度，将这期间娜奥美的一言一行，无一遗漏地在心底重现。一瞬间，缠绕着我的蛛丝马迹清晰明了地披露出来，着实令我惊叹。那几乎是像我这样单纯的人根本想象不到的，一层又一层的谎言交织，慎之又慎的同谐合谋，而且不知道有多少混球参与了这个阴谋，我感到这个局错综迷离。我从平坦、安全的土地上一下子被扑通一声推到深渊里，在深渊的底端，我羡慕地目送打高处叽叽喳喳嬉笑着走过的娜奥美、熊谷、滨田、关和其他数不尽的人影。

"老板娘，我现在要出去，要是我和她路上错过，她先回来了的话，请不要告诉她我回来过，我另有打算。"甩下这句话，我飞奔出去。

来到海滨酒店前，我沿着指引的道路，尽可能摸着黑慢慢往前行。道路两边是并排而立的高大别墅，万籁俱寂的夜晚，杳无人烟的街道，幸而灯光并不明亮。在某个门灯下，我借着灯光摸出表看了看,刚过十点。在那栋大久保的别墅,娜奥美是和熊谷两个人单独在一起吗?还是像往常一样和那伙常客一起嬉笑打闹呢?总之,我想先赶往现场一探究竟。倘使可以暗中掌握证据不让他们发觉,我想试试他们之后要如何信口开河地胡扯。想着能将他们一军,并对他们严加痛斥,我不由得加快了脚步。

我立刻认出了目标别墅。我在房前道路徘徊了一会儿,观瞧别墅的外观。漂亮的石门内植被茂密,植被之间夹着一条延伸向玄关的碎石子路,无论是门牌上"大久保别邸"字迹的陈旧感,还是围着偌大庭院的石墙上长满的青苔,都让人觉得与其说是别墅,不如说是几经沧桑的宅院,熊谷的亲戚居然在这种地方拥有这般宏伟的豪宅,我越想越觉得古怪。

我悄悄溜进门中,尽可能不在碎石路上弄出声响。树木太过繁密,以至于从道路看不清正房的状况。奇怪的是走近一看,无论是前门还是后门,楼上还是楼下,目之所及的所有房间全都门户紧闭,悄无声息,漆黑一片。

"奇怪,熊谷的房间难道在后面不成?"

我这么想着,又蹑手蹑脚地绕到正房后面。果然,二楼有一间房亮着灯,还有楼下的厨房门口也亮着灯。

我只看了一眼就知道二楼的是熊谷的房间。之所以这么说,是因为我不光看见平日里的那把曼陀林靠在檐廊的栏杆上,还看见房间里的柱子上挂着我记得的那顶托斯卡纳的费多拉帽[①]。纸拉门完全敞开,

---

[①] 一种帽顶很低并有纵长折痕且侧面帽檐可卷起或不卷起的软毡帽。

可是没有半点人声传出，很明显现在一个人都不在。

　　厨房的拉门也是门户大开，刚才好像有人从那里出去了。借着厨房门口照向地面的微弱灯光，我发现离着四五米的不远处还有道暗门。门上没有门板，只有两根旧木柱，从两根柱子之间看到由比滨破碎的海浪在黑暗中恰好化作一条线，浓烈的海腥气味席卷而来。

　　"他们一定是从这里出去的。"

　　几乎在我从暗门走到海边的同时，立刻听到附近传来声音，毫无疑问，那是娜奥美的声音。之前没听见多半是风的原因吧……

　　"等一等！鞋子里进沙子了，没法儿走了！谁来帮我把沙子弄走？……小政，你帮我脱一下鞋子嘛！"

　　"我才不要，我可不是你的奴隶！"

　　"你这么说，我就不疼你了啦……还是阿滨贴心……谢了，谢了，我只疼阿滨一个，我最喜欢阿滨了！"

　　"可恶！别看谁人好就欺负谁。"

　　"哈哈哈！不要啦阿滨，别那样挠我的脚心！"

　　"没挠你啊，粘了这么多沙子，我不过是帮你拂去罢了。"

　　"顺便再舔一舔，你就成Papa咯！"说这话的是关。接着传来四五个男人的笑声。

　　我站着的地方，正好是个沙丘缓缓形成的斜坡，那里有家搭着苇帘的茶寮，声音是从那间小屋传出来的。我与小屋的间隔不到十米。我下班回来还穿着茶色驼呢西装，我竖起上衣衣领，紧紧扣上前面的所有扣子，避免衣领和衬衫引人注意，我把草帽藏在腋下。然后弯下腰低着身子跑到小屋后面的水井后方，就在这时……

"哎呀，玩够了，我们去那边看看吧！"娜奥美领头说完，他们一个接一个地跟着走出来。

他们没有注意到我，从小屋前往下走向海滩。滨田、熊谷、关、中村——四个男人身穿日式浴衣，只见夹在当中的娜奥美披着黑色斗篷，脚踩高跟鞋。她没带斗篷和高跟鞋到镰仓来，这套行头肯定是向谁借来的。风吹得披风的下摆啪嗒啪嗒不断翻飞，她像是靠双手从里面紧紧地扯住斗篷裹着身子，每走一步，斗篷里敦实的肥臀就颤巍巍地抖一下。她还像喝醉了酒似的，一边以双肩不客气地往两边的男人身上靠，一边故意走得跟踉跄跄。

在那之前一直缩成一团屏住呼吸的我，与他们只隔了五六十米的距离，白色浴衣到了远处变得模糊时，我才站起来，悄悄地跟上他们留下的踪迹。起初我以为他们会沿着海岸笔直地往材木座①方向走，可他们中途渐渐往左转，打算翻过通往大街的沙丘。当他们的身影完全消失在沙丘的另一边时，我突然铆足劲全速向山上跑。因为我知道他们走出去后就是昏暗的别墅街，那里松林繁密，有合适的藏身之处，到了那里我即使再靠近他们一点也不必担心被发现。

一下沙丘，他们爽朗的歌声流入我耳中。那也是应该的，他们在离我不到五六步的地方一边走一边拍着手合唱。

> Just before the battle, mother,
>
> I am thinking most of you...

---

① 日本神奈川县镰仓市的海岸。

这是娜奥美时常哼起的一首歌。熊谷站在前头,像是挥动指挥棒一样打着手势。娜奥美还是走得跟跟跄跄,肩膀不时撞到旁边的人。被撞到的男孩,也像划船一样,从这边歪倒向另一边步履蹒跚。

"嗨哟!嗨哟……嗨哟!嗨哟!"

"阿啦,干吗呢!这么用力,我要撞墙上了!"

"邦邦邦",像是有人拿手杖在敲围墙。娜奥美咯咯地笑了。

"来,这次是'霍尼卡,呜哇,呜衣奇,呜衣奇'!①"

"好哟!来了!这家伙跳的是夏威夷的草裙舞,大家边唱边摇屁股!"

"霍尼卡,呜哇,呜衣奇,呜衣奇!甜蜜的棕色女神,请告诉我……"于是他们开始一块儿扭屁股。

"哈哈哈,屁股扭得最棒的是阿关!"

"那当然了!我可是对此深有研究。"

"在哪里?"

"在上野的和平博览会,喏,万国馆不是有土著跳舞吗?我去看了十天!"

"你可真无聊!"

"干脆你也去万国馆看看,你那张脸,一定会被人当作土著。"

"喂,小政,几点了?"说这话的是滨田。滨田没喝酒,看上去最正常。

---

① 该处为渚ゆう子《早くキスして》中的一句歌词。

"快说,几点了?谁都没带表吗?"

"唔,带了带了……"中村说着,擦亮一根火柴。

"呀,已经十点二十分了。"

"没事儿,不到十一点半Papa是不会回来的。等下绕长谷大道逛一圈就回去吧!我想以这副装扮到热闹的地方逛逛!"

"赞成!赞成!"关大声吼道。

"不过,你这副装扮走在路上,到底会被人看成什么呢?"

"怎么看都像女团长!"

"我要是女团长,你们就都是我的部下。"

"那不成了'白浪四人男'[1]?"

"那我就是弁天小僧!"

"嘿嘿,女团长河合娜奥美……"熊谷用无声电影解说员的语调说。

"……趁着夜色,身披黑色斗篷……"

"呵呵呵!快停下!那么猥琐下流的声音!"

"……领着四名恶汉,从由比滨海岸……"

"别再说了小政,再不停我就——"娜奥美"啪"的一声,一掌挥上熊谷的脸。

"啊!好痛!猥琐下流的声音是我天生的,没当上浪曲[2]演员是我一生的恨事!"

---

[1] 来源于一部著名的日本歌舞伎狂言《白浪五人男》。
[2] 日本曲艺,一种说唱艺术,又叫"浪花曲""难波曲"。由一人说唱,用三味线伴奏。

"不过,玛丽·毕克馥可当不了女团长。"

"那是谁?普丽西拉·迪恩吗?"

"没错,是普丽西拉·迪恩。"

"啦,啦,啦,啦……"

滨田又哼起舞曲跳了起来。我看他踩着步子,突然要向后转,赶忙躲到树荫下,可就在此时,滨田"哦呀!"一声叫起来。

"谁……这不是河合先生吗?"

大家瞬间静了下来,停下脚步站定,回头穿过黑暗看了我一眼。我心想"糟了",但为时已晚。

"Papa?是Papa吗?你在那里做什么?赶紧加入大家!"

娜奥美突然径直走到我面前,啪一下打开斗篷,立马将手臂搭在我肩上。我一看,斗篷之下的她,一丝不挂。

"你这是干什么?真是让我出丑!婊子!娼妇!下地狱吧!"

"哦嚯嚯嚯……"

这笑声中传出一股浓烈的酒气。在此之前,我从未见她喝酒。

十六

那天晚上和第二天，我花了"一天一夜"的时间，终于从倔强的娜奥美口中问出她欺骗我的一部分诡计。

和我推测的一样，她之所以要来镰仓，果然是为了和熊谷一起玩。所谓关的亲戚在扇谷纯属谎言，长谷那栋大久保的别墅是熊谷叔叔的房子。不，不仅如此，我现在租的这栋客房，其实也是熊谷介绍的。这个花匠经常出入大久保的宅邸，所以由熊谷出面协商，不知他怎么协商的，总之让以前的租客搬走，改由我们住了进去。不用说，这是娜奥美和熊谷商量好干出来的事，什么杉崎女士的介绍、东洋石油公司董事云云，全是娜奥美的一派胡言。难怪她独自一人就麻溜儿地把事情办妥了。据植㧳的老板娘说，她第一次来看房子的时候，就是和熊谷"少爷"一起来的。行为举止就像和"少爷"是一家人似的，再加上事先也打过招呼，所以只好马上打发走原来的租客，把房子腾给了我们。

"老板娘，一连串的意外实在给您添麻烦了，能不能把您知道的事情都告诉我呢？不管什么情况我都不会说出您的名字。我绝不会就此事去责问熊谷，我仅仅是想知道实情而已。"

我第二天向至今没有请过假的公司请了假，还对娜奥美严加监管。我坚决地命令她"不准走出房门一步"，还将她的衣物、鞋袜、钱包悉数搬往主屋。之后我在主屋的一间房里盘问了老板娘。

"欸，怎么说呢，是不是从很早以前开始，他们就趁我不在家的时候来往了？"

"是的，一直如此。有时是少爷过来，有时是小姐过去……"

"大久保家的别墅究竟住了哪些人？"

"今年大家都回主宅住了，有时能碰到，但基本上是熊谷家的少爷一个人住在那里。"

"那么，熊谷的朋友呢？那些人也时不时会来吗？"

"是的，常常过来。"

"欸，那是熊谷领他们来的，还是他们自己不请自来的呢？"

"这就……"老板娘说——我后来才觉察到，当时她显出非常为难的样子。

"……有时自己过来，有时和少爷一同过来，每次都不太一样……"

"是谁呢？除了熊谷，还有谁是一个人过来的？"

"就我所知，那位名叫滨田的先生，还有其他的几位也一个人来过……"

"那种时候他们是不是约她出去？"

"没有，一般是在房里聊天。"

对我来说最不可思议的就是这件事。若娜奥美和熊谷有一腿，为什么会拉来妨碍他们的人呢？他们当中还有人一个人过来，娜奥美还和他们聊天，这又是为什么呢？若是他们都相中了娜奥美，为什么没争风吃醋吵起来呢？昨晚那四个男的不是在一起玩得很融洽吗？这么一想，我又理不清了，最后连娜奥美与熊谷是不是有一腿都成了谜。

但是，娜奥美一提到这一点就不容易开口。她硬说自己没有不可告人的企图，只不过是想和一群朋友一块儿疯一疯。当我问到为什么阴险到如此地步来欺骗我时，她回答："还不是因为Papa多疑，老是疑神疑鬼地怀疑人家！"

"那么，你说关的亲戚有别墅又是什么缘故呢？关和熊谷有什么不一样？"

听了这话，娜奥美一下子语塞了。她突然低下头，默默咬着嘴唇，翻着白眼死盯着我。

"可小政是你最怀疑的人……所以我觉得还是说成阿关的要好一些。"

"别一天到晚小政、小政的，他明明有'熊谷'这个名字不是吗！"我忍了又忍，这一刻终于爆发了。我一听她叫"小政"我就恶心到作呕。

"喂，你和熊谷到底是什么关系？你老老实实交代！"

"没有任何关系。你这么怀疑我，有证据吗？"

"没有证据我也有数了。"

"为什么……你怎么知道的？"

娜奥美非常镇静，嘴角甚至浮现出令人讨厌的冷笑。

"昨天晚上那副丑态，算什么？你做出那种丑事还能说自己是清白的吗？"

十六 | 149

"那是大家把我灌醉了，强行装扮成那副样子的——不就是在街上走走吗？"

"好！这么说，你坚持自己是清白的？"

"是，我是清白的。"

"你发誓！"

"好，我发誓。"

"好，不要忘了你这句话！我对你说的话，已经一个字都不相信了。"

那之后，我再也没搭理她。

我怕她与熊谷通信，将信纸、信封、墨水、铅笔、钢笔和邮票等物品通通没收，和她的行李一同寄存在植惣的老板娘那里。为了防止我不在家时她出门，我给她换上了一件红色绉纱的睡袍。第三天早晨，我装成去公司上班离开了镰仓。怎样才能得到证据呢？我在火车上思前想后，最后决定，先去大森已经空了一个月的家看看。如果她与熊谷有一腿，肯定不是夏天才开始的。我想，如果去大森搜搜娜奥美的随身物品，说不定会发现信件之类的信物。

那天我坐的车比平时晚了一班，所以十点左右才来到大森家门前。我走上正面的门廊，用钥匙打开门，穿过画室，爬上阁楼去检查她的屋子。当我打开那间屋子的门，迈进房间的一瞬间，不由自主地叫了声"啊"，说不出话来，只能呆呆地站在那里。那里有个人孤零零地躺着，我一看，这不是滨田吗？

滨田看到我进来，脸顿时涨得通红。

"嗨。"

他说着站起身来。

"嗨。"

说完这句话后,两个人停顿了一下,以揣摩对方心思的眼神盯着对方。

"滨田……你为什么会在这里?"

只见滨田吞吞吐吐,像是要说什么,最终还是没说出口,低下了脑袋,像是在乞求我的怜悯。

"嗯?滨田……你到底是什么时候来的?"

"我是刚刚……刚刚才到的。"

这次他回答得清楚,看来已经有了无法逃离的觉悟。

"可是这房子的门关好了呀,你是从哪里进来的呢?"

"从后门……"

"后门?我记得也锁好了呀……"

"欸,我有钥匙……"滨田的声音几乎微不可闻。

"钥匙?你怎么会有……"

"是娜奥美给我的……我这么说,想必我为什么在这里,您已经知道原因了……"

滨田平静地抬起头,目光炯炯地从正面望着我目瞪口呆的脸。一到关键时刻,他的表情流露出一种真诚,一种贵族公子的气度,与平时那个流里流气的痞子相截然不同。

"河合先生,我并非想象不到您今天突然来到这里的理由。我欺骗了您。就此无论您想怎样制裁我,我都甘愿领受。事到如今说这种话很奇怪,但我早就……打算在您发现这件事之前坦白自己的罪行……"

说着说着,滨田的眼中噙满了泪水,泪水顺着他的脸颊扑簌簌地流下来。这完全在我的意料之外。我默默地眨着眼望着眼前的光景。即使相信他的自白,我还是有很多事情无法理解。

"河合先生,您能不能说一句原谅我呢……"

"可是,滨田,我还是不明白。你从娜奥美那里拿了钥匙,到这里来干什么?"

"在这里……今天在这里……约好和娜奥美小姐相见。"

"和娜奥美约好在这里相见?"

"是的……不仅仅是今天,之前已经有好几次了……"

在我慢慢地追问下,他交代说,从我们搬到镰仓起,他和娜奥美已经在这里幽会了三次。也就是说,娜奥美在我去公司之后,搭乘晚一班或者两班的火车到大森来。一般都是早上十点左右来,十一点半回去,所以回到镰仓最晚不过下午一点。她非要选这个时间跑到大森,是为了不让房东察觉。滨田还说,今天也约好早上十点钟会合,刚才我上楼的时候,他还以为是娜奥美来了。

如今,这惊人的自白令最初填满我胸口的所有心事全化作茫然。张开的嘴无法合上——实在不成体统……这就是我当时真实的心情。先说一点,我那时三十二岁,娜奥美十九岁。一个十九岁的姑娘竟如此大胆、如此奸黠地欺骗我!直到刚才,不,就是现在,我都无法想象娜奥美是一个如此可怕的少女。

"你和娜奥美到底是从什么时候开始有那种关系的?"

原不原谅滨田是次要的问题,我燃起了追根究底、探明真相的愿望。

"老早以前就开始了,您大概那时还不认识我……"

"那,我第一次见到你是什么时候来着……那是去年的秋天吧,我从公司一回来就看到你和娜奥美在花坛那里站着讲话的那时候?"

"嗯,是的,算起来差不多一年整了……"

"这么说,就是从那时候开始的?"

"不,还要更早一些。去年三月份起我去杉崎女士那里学钢琴,在那里初次遇见娜奥美。大概在那之后三个月……"

"那时在哪里见面呢?"

"也是在这里,在大森的这个宅子。娜奥美说上午她不去任何地方学习,一个人很是寂寞,让我过来玩。最初我是出于这个目的来玩的。"

"哼,这么说是娜奥美要你来玩的咯?"

"嗯,是这样没错。而且我完全不知道有您这个人的存在。娜奥美小姐和我说,她的老家在乡下,所以才来投奔大森的亲戚家,您与她是表兄妹。您第一次去埃尔多拉多跳舞时,我才知道并不是那样。但是我……那时候已经无法抽身了。"

"娜奥美这个夏天想去镰仓,是跟你商量之后的结果吗?"

"不,那不是我。怂恿娜奥美去镰仓的是熊谷。"滨田说完,突然加重语气说,"河合先生,受骗的不光是您!我也被骗了!"

"……这么说来,娜奥美和熊谷也……"

"是的。现在最能自由驱使娜奥美小姐的男人就是熊谷。我老早就隐隐约约地觉察到娜奥美小姐喜欢熊谷,但是我做梦也没想到,她会在和我保持关系的同时和熊谷牵扯不清。而且，娜奥美小姐总是说，自己只是喜欢和男性朋友一起不带杂念地打打闹闹而已，根本不打算做出格的事情。我一直对此信以为真……"

"唉。"我叹了口气，接着说道："这就是娜奥美的惯用伎俩，她对我也是这么说的，所以我也一直对此信以为真……那你是什么时候发现她和熊谷有一腿的？"

"有个下雨天的晚上，我们不是都挤在这里男女混睡吗？我就是那天晚上发现的……那一晚，我真的同情您。那时两人恬不知耻的态度，无论是谁都不会觉得没什么。我自己越嫉妒就越能体会您的心情。"

"那，你说是那一晚你发现的，只是单从两人的态度推测、想象的吗……"

"不，当然不是。事实证明了这一想象。黎明时分，您睡着了估计您不知道，我睡不着，迷迷糊糊地看到他们两人在接吻。"

"娜奥美知道被你看到了吗？"

"嗯，她知道。我之后跟娜奥美小姐说了，要她无论如何要断绝和熊谷的关系。我讨厌被当作玩具摆布，既然已经到了这步田地，我也只好娶她……"

"只好娶她……"

"啊，是的。我本来打算向您公开我们两人的恋情，娶娜奥美小姐为妻。娜奥美小姐说，您是个明理之人，如果把我们的痛苦心情告诉您，您一定会答应的。我不知道事实究竟如何，但是照娜奥美小姐的说法，您收养她只是为了让她接受良好的教育，虽然现在同居，但并没有必须结为夫妻的约定。而且她还说您和她的年纪相差太大,就算结婚是否能幸福生活也未可知……"

"娜奥美说过这种……这种话?"

"嗯,说过。她再三向我保证,会在近期告诉您,让她和我成为夫妻,让我再等一段时间,还说要和熊谷断绝关系。然而一切都是信口开河。娜奥美小姐打从一开始就没打算和我结为夫妻。"

"娜奥美是不是和熊谷也有这样的约定呢?"

"这个嘛,我就不得而知了,我想多半也是一样的吧!娜奥美小姐生性喜新厌旧,反正熊谷也不是认真的,那个男人远比我狡猾得多……"

不可思议的是,我从一开始就不憎恨滨田,听他说了这些,反而生出同病相怜之感。仅凭这一点,我更加厌恶熊谷了。我强烈地感到熊谷才是我们共同的敌人。

"滨田,一直待在这儿聊也不是个事儿,我们还是找个地方一边吃饭,一边慢慢聊吧!我还想向你打听许多事情呢!"

因为西餐厅不便长谈,我邀请他到大森海岸的"松浅"。

"这么说河合先生,今天您是向公司请假了吗?"

滨田的语气不像先前那么激动,而是带着一种卸下重担的洒脱口吻,不时寻找话题。

"是啊,昨天也请假了。公司这阵子忙得不可开交,不去上班的确过意不去,可是从前天开始我一直心烦意乱,根本无心工作。"

"娜奥美小姐知道您今天会来大森吗?"

"我昨天在家里待了一整天,今天和她说去公司上班。那个女人，或许多多少少察觉到了也不一定，但还不至于想到我会来大森吧！我本以为搜查她的房间或许能翻到情书，所以一时起意就过来了。"

"这样吗？我没这么想，还以为您是来抓我的呢。可要是这样，娜奥美小姐会不会尾随其后跟过来呢？"

"不，你放心……我出来时把她的衣服和钱包都没收了，让她休想迈出门一步。那副样子根本没法出门。"

"欸，什么样子呀？"

"你也看过吧！那件红色绉纱的睡袍？"

"啊，那一件啊。"

"只有那一件，连一根细腰带也没留给她，没问题！好似猛兽被关进了笼子里。"

"可是……刚才要是娜奥美小姐闯进来可如何是好？要是她真来了，不知道会闹出什么事情来！"

"可你究竟什么时候和娜奥美约好今天见面的呢？"

"前天——被你发现的那一晚。我那一晚和她闹别扭，也许是为了取悦我，娜奥美小姐约后天到大森来。当然我也有错啦，我该和娜奥美小姐绝交才对吧，要不然也该和熊谷大吵一架，可是我办不到。我也觉得自己低三下四的，太窝囊了，和他们这么拖拖拉拉来往至今。即使我是被娜奥美小姐骗了，说到底也怪我自己太愚蠢了！"

我总觉得他的这句话是在说我。当来到"松浅"的包厢相对而坐时，我甚至觉得这个男孩还有点可爱。

十 七

"啊,滨田,因为你对我说了实话,我心情非常好。总之来一杯怎么样?"

我说着,举起了酒杯。

"那河合先生,您是原谅我了?"

"谈不上原不原谅。你被娜奥美骗了,我和娜奥美的关系你也不知道,何罪之有?你别再想了!"

"不,谢谢!您这么说我就安心了。"

滨田看起来还是非常不好意思,劝酒他也不喝,低着脑袋,有一搭无一搭地插话,颇为拘谨。

"怎么说呢,冒昧地问一句,河合先生跟娜奥美小姐难道不是亲戚关系吗?"

过了一会儿,滨田像是想起了什么,问完还轻轻叹了口气。

"对啊,我们没有任何亲戚关系。我出生于宇都宫,她是地道的东京人,她娘家现在还在东京。她本人想去上学,但因为家庭条件无法实现,我看着觉得可怜,在她十五岁时收养了她。"

"那么,现在已经结婚了吗?"

"嗯，没错。得到双方父母的同意，正式办理了手续。只不过因为那时她才十六岁，年龄太小了，把她当作'太太'看待感觉怪怪的，她本人也不喜欢，所以我们约定暂时先像朋友一样生活。"

"啊，这样吗？那就是误会的根源了。娜奥美小姐看上去不像是结了婚的人，而且她自己也没说，所以，我们都被她骗了。"

"娜奥美是不好，但我也有责任。我觉得世上所谓的'夫妻'太过乏味，主张尽量把日子过得不像夫妻。结果竟铸成这样的大错，从今往后我应当极力修正。真是吃够了苦头！"

"这样做比较好。另外，河合先生，本来我抛开自己的过错说这种话是很可笑，但这话我不得不说，熊谷是个坏人，一定要注意啊！我绝不是恨他才这么说的。熊谷也好，关也好，中村也好，他们都不是什么好东西。娜奥美小姐本来没那么坏，是那些家伙把她带坏了……"

滨田以蕴含深情的声音说起这些的同时，双眼又泛起了泪光。原来这个青年如此认真地爱着娜奥美，一想到这里，我就想感谢他，又觉得对不起他。如果滨田不知道我和她已经结为夫妻，应该是打算要求我主动把她让出来的吧！不，不仅如此，即使是刚才，只要我放弃了她，他也会立刻说出要接受她吧！这个年轻人眉宇之间洋溢着惹人怜爱的热情，因此他的决心毋庸置疑。

"滨田，我听从你的忠告，想办法在两三天内解决问题。至于娜奥美，只要她和熊谷真的断干净就好了，否则，多和她待一天都让我不痛快……"

"可是，可是，请您一定不要抛弃娜奥美小姐。"滨田急忙打断我的话，"如果被您抛弃，娜奥美小姐一定会堕落的，娜奥美小姐是无辜的……"

"谢谢！我真心实意地感谢你！你的善意不知道让我多高兴。说起来我从她十五岁起照顾她，即使会被世人嘲笑，我也绝不打算抛弃她。只是那个女人很倔强，我现在担心的是要如何巧妙地切断她和狐朋狗友的联系。"

"娜奥美小姐相当固执，要是因为一点小事和她突然吵起来，就难以挽回了。这一点请一定小心。瞧我，这话说得太狂妄了……"

我向滨田重复了好几遍"谢谢"。倘若两个人之间没有年龄上的差异、地位上的差异，倘若我们的关系再亲密一些，也许我会执起他的手，相拥而泣。至少我当时的心情是那样的。

"滨田，今后也请你一个人来我家玩。不必客气！"临别之际我这么说。

"好，不过我短期内应该不会去打扰。"滨田有点扭扭捏捏，低着头说，像是不愿意让我看到他的脸。

"这又是为什么呢？"

"这段时间……直到忘记娜奥美小姐为止……"他说着，藏起热泪戴上帽子，留下一句"再会"，从"松浅"门口向品川方向走去。他连电车都没坐，一步一步走远。

之后我还是去公司上班，当然，我根本无心工作。娜奥美那家伙，这时候在做什么呢？只给她穿一件睡袍丢在那里，不至于还能跑到哪里去吧！心里这么想，我还是很介怀。我之所以这么说，是因为令人感到意外的事情接连不断地发生，我被骗了一次又一次，我的神经异常敏锐,变得病态。我开始想象、臆测各种可能。如此一来,娜奥美这女人仿佛神通广大,具有我的智慧远远无法企及的神通,简直变化无穷,不知什么时候她又会弄出什么幺蛾子,让我一点也不安心。我不能这么做,不知道会有什么事情在我不在家的时候发生——我草草了结了工作,火急火燎地赶回镰仓。

"喔,我回来了!"

我一看到老板娘站在门口就问,

"她在家里吗?"

"是的,好像在家。"

我一下松了口气:"有谁来过吗?"

"没有,没有人来。"

"怎么样?她情况如何?"

我用下巴指向客房方向,对老板娘眨眨眼。那时候我才注意到,娜奥美所住的那个房间,纸拉门关着,玻璃窗里昏昏暗暗,冷冷清清,看起来没什么人气。

"这个嘛,究竟如何呢?——今天一整天都待在那里面……"

哼,真的一整天都缩在里面吗?可是,房间安静得有些异常,这又是什么情况呢?她会作何表情呢?带着几分忐忑不安的心情,我悄悄爬上檐廊,推开了纸拉门。傍晚六点刚过一会儿,在灯火通明的房间一隅,娜奥美衣衫不整地趴着呼呼大睡。大概是她被蚊子叮咬翻来覆去的缘故,她拿出我的克来文雨衣布缠在腰间,可真正盖住的只有小肚子那一小块地方而已,红色绉纱的睡袍里露出雪白的手脚来,像开水里滚过的包菜茎,这时她运气不佳地勾起我内心的悸动。我默不作声地打开灯,一个人三下五除二麻利地换上和服,故意弄得壁橱的门喀嗒喀嗒响,不知依旧睡得香甜的她知不知道我回来了。

"喂,还不起吗?又不是晚上……"过了大约三十分钟,明明没什么事却假装坐在书桌旁写信的我,终于按捺不住开了口。

"嗯……"我怒吼两三次之后她才勉勉强强地带着睡意回了这么一句。

"喂!起床啦!"

"嗯……"

说完,她并不像是短时间内要起来的样子。

"喂!搞什么?起床啦!"我站起来用脚在她腰附近使劲拨弄。

"啊……啊……"

娜奥美先伸直两只软绵绵的胳膊,紧紧攥着又小又红的拳头往前伸,一边把呵欠噎回去一边从容地撑起身子,偷偷瞥了我一眼,又马上转向旁边。脚背、小腿肚周围以及背部都星星点点零落着蚊子叮咬过的痕迹,她咯吱咯吱地搔起痒痒来。不知是睡过头了,还是偷偷哭过,她的眼睛充血,头发乱得像个怪物,耷拉在两边的肩膀上。

"喂,换上衣服,不要这副模样。"

我到主屋拿来装衣服的包袱,放在她面前,她一句话也没说,端着架子换上衣服。然后晚餐被端上来,吃饭期间,两个人从头到尾都没开口说话。

在这漫长的、沉闷的对峙期间,我只是在想,怎样让她坦白交代,有没有办法让这个倔强的女人向我道歉呢?滨田的忠告——娜奥美相当固执,要是因为一点小事和她突然吵起来,就难以挽回了——

还印在我脑海里。滨田提出那样的忠告,恐怕是来自他的亲身体验,我也常有如此体验。最重要的是不要激怒她,绝不要让她不高兴,绝不要吵架,尽管如此,我也不能被她小看,说话必须高明。此等局面,以法官的态度逼问下去是最危险的。要是正面对她逼问"你跟熊谷有这么一段吧?""是不是还和滨田也那样乱搞过?"她绝不是会认罪回答"是,没错"的女人,她一定会反抗,抵死不认账,这么一来我也会逐渐焦灼,大动肝火。果真那样就彻底完蛋了,总之,逼问的方式并不可取。这种让她坦白交代的想法就不要再想了,还不如把今天发生的事告诉她。我倘若这样做,即使固执如她,也不能说不知道吧!我心想,好,就这么办。

"我今天早上十点左右回大森碰到了滨田。"先探探她的口风。

娜奥美似乎大吃一惊,避开我的视线,用鼻尖"哼"了一声。

"后来到了饭点,我便邀滨田去'松浅',一起吃了饭……"

娜奥美一直没有回话。我一边注意她的表情,一边尽量以避免讽刺她的口吻循循善诱,直到我说完,娜奥美始终低着头听。她并没有发怵,只是脸色发青。

"滨田都告诉我了,我不用问你也了如指掌。所以你犯不着逞强。如果觉得你错了就说你错了,只要说一句就行了……怎么样,你错了吗?你认错吗?"

娜奥美无论如何也不回答,以至于我不愿意看到的逼问场面还是出现了。"怎么样?小娜美?"我尽可能以温柔的口吻道,"只要你认错,我就既往不咎哟!也不逼你双手扶地道歉,你只要发誓今后不会重蹈覆辙就行了。嗯?明白了吗?会说你做错了吗?"

于是乎,娜奥美恰到好处地微微颔首,"嗯"了一声。

"那你明白了吗?今后绝不会和熊谷之流一起玩了吧?"

"嗯。"

"说定了?约好了?"

"嗯。"

以一系列"嗯"为结语,双方体面地达成了共识,重归于好。

十 八

那一晚,我和娜奥美说了些枕边蜜语,就像什么事都没有发生过一样,不过,说真的,我心底绝没有干净利落地忘却过往。这个女人,已经不再洁白无瑕——这个想法不仅隐晦地锁在我的心头,还让我的珍宝娜奥美降低了一半以上的价值。因为她的价值有一大半源于我的亲自栽培,我把她雕琢成这样的女人,只有我自己知道她身体的每个细节,换句话说,娜奥美对我而言等同于自己栽培的果实。我为了果实今日的瓜熟蒂落,倾注了过多心血,耗费了太多精力。因此,品尝它的滋味是我作为栽培者理所应当的报酬,其他人无论是谁也不该享有这项权利。然而不知何时我的果子被陌生人剥了皮、啃了肉。一旦被玷污了,无论她如何谢罪也无法挽回了。我越想就越痛心。我不是憎恨娜奥美,而是极度憎恨被称作"她的肌肤"的圣域,永久地染上了两个盗贼沾满泥污的脚印。

"让治,原谅我……"

娜奥美一见我默默哭泣,和白天的态度截然不同,就像这样说,可我只是哭着点头。"啊,我会原谅的。"我嘴里这么说,但无法挽回的遗憾是无法消除的。

镰仓的夏日以这样的结局惨淡收场。不久，我们搬回大森。如之前所说，我的心中已生出了隔阂，自然而然会在某种场合表现出来，之后两人的关系也变得格格不入。虽然表面上好像和解了，但我终究没有真正对娜奥美敞开心扉，去了公司也担心她和熊谷旧情复燃。我过于在意自己不在家时她的行动，以至于每天早上故意装作出门，偷偷绕到后门窥探动静。她去上英语课和音乐课的日子，有时我会悄悄尾随在后，有时我会瞒着她检查别人寄给她的信，我好似一个秘密侦探，觉得诸事可疑。而娜奥美似乎在心里嘲笑我的一举一动，虽然嘴上不说也不吵，却心怀叵测地出些阴招对我还以颜色。

"喂，娜奥美！"

某天晚上我一边摇晃着装睡的她的身体，一边这么说。（事先声明，那时我已经直接叫她"娜奥美"，而不是"小娜美"了。）

"干吗……你在装睡吗？你那么讨厌我？"

"我没装睡。我只是想睡觉就闭上眼睛罢了！"

"那就把眼睛睁开，人家跟你说话，你闭着眼像什么话？"

听我这么说，娜奥美没办法，微微翻起眼皮，从睫毛的阴影中投出一抹窥视的目光，这让她的表情更为冷酷。

"欸，你讨厌我吗？如果是你就明说。"

"你干吗这么问……"

"我从你的举止就了解得差不多了。这阵子我们虽然没有吵架，但心里都在针锋相对。这样我们还算是夫妻吗？"

"我可没有，不是你自己在针锋相对吗？"

"这都是相互的，你的态度让我无法安心，所以我才会不知不觉地起疑心……"

"哼!"娜奥美以尖酸地讥笑打断了我的话,"那我问你,我的态度有什么可疑之处吗?有的话拿出证据给我看啊!"

"倒是没有证据……"

"明明没有证据还怀疑,那不是你不讲理吗?你不相信我,不给我身为妻子的自由与权利,却想过像夫妻一样的生活,这可不行。让治先生,你以为我什么都不知道?偷看别人的信,像侦探一样跟踪……我可是一清二楚呢!"

"这是我不对。不过,这也是因为我有这种经历,神经才变得过度敏感。你应该体谅我。"

"那我到底怎么做才好呢?不是约好不提以前的事了?"

"只要你真心对我好、爱我,我的神经就能真正平静下来。"

"可你如果不相信我……"

"啊,我相信,我以后一定会相信的。"

我必须在此招认男人的下流,白天还好,到了晚上我老是输给她。与其说我输了,不如说我内心的兽性被她征服了。老实说,我还是没办法信任她,尽管如此,我的兽性却盲目地要向她称降,让我抛弃一切向她妥协。也就是说,娜奥美对我而言不再是弥足珍贵的至宝,也不是难得一见的偶像,只是一个娼妇罢了。她身上既没有恋人的清纯,也没有夫妻的爱情。那些东西与往日的绮梦一同烟消云散!既然如此,我为什么还要迷恋这不贞的、肮脏的女人呢?那完全是她肉体的魅力,我仅仅是对此难以忘怀。这是娜奥美的堕落,同时也是我的堕落。这么说是因为我舍弃了身为男人应有的节操、洁癖、纯情,抛却过去的骄傲,屈身于娼妇面前,并不以为耻。不,有时我甚至像崇拜女神一样崇拜这个卑贱的娼妇。

讨厌的是,娜奥美对我的弱点了如指掌。她明白,自己的肉体对男人而言是难以抵抗的蛊惑,一到晚上就能击溃男人——开始意识到这一点的她,白天表现出不可思议的简慢态度。自己只是把自己的女性肉体出卖给眼前这个男人而已,除此之外,对这个男人没有半点兴趣,也没有任何关系。她的这种想法表露无遗,待我有如路人般冷若冰霜,偶尔我和她说话她也不好好地回答,她只在必要的场合回答"是"或"否"。对她这样的做法,我只能认作是她消极地反抗我、极度侮蔑我的表现。"让治先生,无论我多么冷淡,你都没有生气的权利。你从我这里取得了想取得的东西,不是吗?你已经获得满足了,不是吗?"——我一走到她前面,就感觉被这样的眼神瞪着。而且,那眼睛动不动就展露出轻蔑的表情让我看:

"哼!多么讨厌的家伙!这男人简直下流得像条狗。我是无计可施,才被迫忍耐。"

但是这样的状态不可能持久。两个人彼此刺探对方的心意,继续阴险地暗斗,双方都有了总有一天一定会爆发的觉悟。某一晚,我以比平常更温柔的语气唤她:

"喂!娜奥美!我们停止无聊的意气用事好吗?我不知道你过得怎么样,可我实在忍不下去了!这种冷冰冰的日子……"

"那么,你打算如何呢?"

"再想办法做回真正的夫妻吧。你也好,我也好,都不要再破罐子破摔了。我们应该认真、努力地唤回从前的幸福啊!"

"努力？我想，心情这东西很难更改呢！"

"也许是这样，但我觉得有个办法可以让两个人幸福。你要是同意就好了……"

"什么办法？"

"你能不能为我生个孩子，成为一名母亲？一个也好，只要有了孩子，我们就一定能成为真正意义上的夫妻，就能获得幸福！这是我的请求、我的拜托，你能遵从我的意愿吗！"

"我不要！"娜奥美立刻斩钉截铁地说。

"你当初不是对我说，不要我生小孩，让我永远保持年轻，像少女一样，夫妻之间有了小孩比什么都可怕，你没说过吗？"

"我是曾经有这样的想法，不过……"

"那么，你是不是不像以前那样爱我了？我再怎么变老、变脏你都无所谓了？不，就是这样，你真的不爱我了！"

"你误解了，以往我像朋友一样爱你，但是，从今往后我会把你当作真正的妻子去爱……"

"所以你认为可以恢复和从前一样的幸福吗？"

"也许不像从前，但真正的幸福是……"

"不！不！我只要像过去那样就够了！"

这样说的她，在我话还没说完的时候就拼命猛摇头。

"我想要一如往昔的幸福，否则我宁愿什么都不要。当初有那样的约定，我才来你这里的！"

十 九

若是娜奥美无论如何都不愿意生孩子，我还有一个办法，那就是离开大森的"童话之家"，组建更正常、更传统的家庭。原本我很憧憬简约生活的美名，所以才会住在这样一个奇妙非常、极不实用的画室。但我们的生活之所以堕落，也确实得归咎于这栋房子。这栋房子住着年轻夫妻又没有女佣，偏偏两个人都很任性，简约的生活难以简约，放荡散漫也实属必然。因此，为了在我外出时监视娜奥美，我决定找一个女佣再找一个烧饭的婆子。夫妻二人同女佣二人搬到适合中产绅士的纯日式房子去，不再选择所谓的"文艺住宅"。我打算卖掉使用至今的西洋家具，全部换成日式家具，再特意为娜奥美买一架钢琴。这样她学音乐可以请杉崎女士上门授课，补英语也可以请哈里森小姐来家里，这样她自然不会有机会外出。实施这个计划需要大笔的钱，但我可以向老家说明，在一切准备妥当之前，先向娜奥美保密。我打定主意，独自完成寻找新房源、估算家具费用等琐事，煞费苦心。

老家带信说暂且先送来这些，寄来汇款一千五百日元。此外，我还拜托老家帮忙找女佣，母亲的亲笔信与汇票一同寄到我这儿，信上说:"女佣已有非常妥当的人选,叫作阿花,是家里雇用的仙太郎的女儿,今年十五岁,她的情况你也了解,可以安心使唤!烧饭的婆子还在找,等新房子定下来再让她们到东京去。"

娜奥美大概隐隐约约觉察到了我私下里有什么企图,她以"看你要玩什么花样"的态度等闲视之。起初异常的冷静,然而,在母亲的信寄来后两三天的一个夜晚,她突然娇声说道:

"哎,让治呀,我想要新洋装,可以给我定做吗?"但娇滴滴的声音里又透出怪里怪气地调侃。

"洋装?"

我愣了一小会儿,目不转睛地盯着她的脸看,意识到"嚯,这家伙是知道汇票寄来了,来探我口风的吧"!

"哎,不挺好的嘛,不做洋装的话,和服也行啊!有劳为我准备好冬天出门的衣服。"

"我暂时不打算给你购置那些玩意儿。"

"为什么?"

"你衣服不是多得很?"

"多是很多,但都穿腻了,又想买新的了。"

"我绝不允许你那么铺张。"

"咦,那么,那些钱如何处置?"

终于来了!我这么想着,揣着明白装糊涂,说道:

"钱?在哪儿呢?"

"让治,我看过书箱下的挂号信了。让治都随便看人家的信,既然如此,我看看你的也不碍事吧……"

这令我感到意外。我完全没预料到她会看到那封藏在书箱下的信，还读了信件内容。起初娜奥美提起钱，我以为她只是推测汇款跟着挂号信一同寄来了。但是，娜奥美一定是想要找出我的秘密，才到处搜我有没有信件。既然她读过了，那么不单是汇款金额，搬家计划和雇女佣的事也都让她知道了！

"我想着你既然有那么多钱，帮我做一件衣服也没什么……喂，你忘了自己曾说过什么了吗？'为了你，无论住在多么狭窄的房子里，无论多么不方便，我都会忍耐，然后用那笔钱让你极尽奢华。'和那时相比，你简直完全变了个人！"

"我爱你的心没有变，只是爱你的方式变了。"

"那么，搬家的事为什么瞒着我？什么都不跟我商量，是打算强制执行吗？"

"等找到了合适的房子，当然会和你商量……"这么说着，我缓和了语气，像安抚一样劝说她，"唉，娜奥美，我说一下自己的真实想法，我如今还是想让你继续奢侈，不只是衣服，房子也要住拔尖的，我想让你的整个生活变得更像一个尊贵的夫人。这样你是不是就没什么可抱怨的了？"

"是吗？那就谢谢你啦……"

"明天你和我一起去看房子怎么样？房间比这里多，只要是你中意的房子，哪儿都行！"

"那我要洋房，日式房子我绝对不要……"

在我为作答犯愁之际，她露出"叫你知道姑奶奶的厉害"一般的脸色，恶狠狠地说："女佣，我会请浅草的家人帮我找。烦请您把乡

十九

巴佬回绝掉,这可是供我使唤的女佣。"

随着争吵的反复,两人之间的低气压渐渐变浓了,常常一天都不说一句话。但最后的爆发是在离开镰仓之后两个月后,十一月上旬,当我发现娜奥美至今仍未与熊谷断绝关系的确凿证据时。

关于发现证据的来龙去脉,没有必要在这里特别详述。我一方面在费尽心思为搬家做准备,另一方面又直觉地认为娜奥美很可疑,因此并未松懈例行的侦探行动。有一天她和熊谷大胆地在大森家附近的曙楼幽会回来,终于让我抓住了。

那天早上,我留意到娜奥美的妆容比平常花俏,十分可疑,我一出门就马上往回走,躲在后门的仓库小屋的炭袋后面。(那时的我,老是为此向公司请假。)果真到了九点的时候,今天明明没有课的娜奥美打扮得漂漂亮亮地出了门。她没有往车站的方向走,而是向相反方向加快了脚步快步疾行。我等她走出百米开外急急忙忙跑回家,抽出学生时代用的斗篷和帽子,在西装外面披上斗篷,赤脚蹬上木屐冲出门,远远地跟踪娜奥美。然后她走进曙楼,过了十分钟左右,我才看到熊谷来到那里,我就在那儿等他们出来。

他们回去时也分开行动,这次好像是熊谷留下,大约十一点,先走一步的娜奥美出现在对面的大马路——我在曙楼附近徘徊了几乎一个半小时——她同来时一样,目不斜视地走了一公里多回到了家。我也逐渐加快脚步,她打开后门走进家里,之后不到五分钟我也走了进去。

我进门的一刹那看到了娜奥美僵滞的眼,她的眼中充满了凄惨。她像根棍子一样站在那里,目光锐利地瞪着我。在她脚下,散落着我刚才换下的帽子、外套、鞋子、袜子。她这下全明白了吧！明媚晴朗的秋天早晨，她的脸反射着画室的灯光，平静、煞白，有一种仿佛放弃所有的沉静。

"滚出去！"

我怒吼一声，连自己的耳朵都嗡嗡作响。要是我不说第二句，娜奥美也不会回话。两个人剑拔弩张，怒目而视，窥伺着对方的漏洞。那一瞬间，我觉得娜奥美的脸实在很美。我这才知道女人脸上会因憎恨男人而变得漂亮。我非常了解杀死卡门的唐·何塞的心境，越是憎恨越觉得她美丽，不得不杀了她。娜奥美目不转睛地凝视着，脸上的肌肉分毫不动，紧抿着的嘴唇，失了血色，站在那里的她宛如邪恶的化身——啊，正是这面相将荡妇淫娃表现得淋漓尽致。

"滚出去！"我再一次咆哮，随即被莫名的憎恨、恐怖与美丽逼迫，我拼命地抓住她的肩膀，把她推到门口。

"滚出去！滚！你给我滚出去！"

"原谅我……让治！下次再……"娜奥美的表情遽然一变，哀告中夹杂着颤抖，眼眶里噙满泪花，一下子跪下来，请愿似的仰望着我的脸。

"让治，是我不好，请原谅我……饶了我吧，饶了我吧！"

我没想到她会如此乞求宽恕，突然大吃一惊的我反而更加激愤。我紧握双拳不停地揍她。

"畜生！狗！你不是人！我不要你这个东西了！我让你滚，你还不滚！"

娜奥美好像马上意识到"这么干失策了"，立马改变态度站了起来。

"我这就出去!"她以一如既往的语气说。

"好!马上滚出去!"

"好!我马上走……我到二楼拿换洗衣服可以吗?"

"你马上回去,派个人过来!你的东西我会全交给那个人!"

"可是,这样我可难办了!有一些东西我现在就要用。"

"随便你,赶紧拿,慢了我可不答应!"

我看出娜奥美说现在要马上搬东西是一种威胁,所以我也不甘示弱地回应。我不想输给她才这么说。她上二楼,在那里叮叮咚咚一阵乱翻,篮子、包袱巾,统统拿来打包行李,塞到她背不动为止,自己飞快地叫来人力车把行李装上车。

"祝您健康,打扰多时了!"出门时,她说了这样的寒暄语,实在是干净利落到了极点。

二 十

她的车一走,我马上拿出怀表,看了看时间。正好是中午十二点三十六分……啊,这样,刚刚她从曙楼出来是十一点,之后经过那样的激烈争吵,在惊诧之间形势突变,刚才还站在这里的她已经不在了。这段时间仅仅一小时三十六分钟……当看护的病人咽下最后一口气的时候,又或是遇到大地震的时候,人们常常不知不觉地养成看表的习惯。我当时突然拿出怀表看的心情大概也差不多是这样吧!大正某年十一月某日中午十二点三十六分——我在这一天的这个时刻,终于和娜奥美分手了。自己和她的关系,这时也许宣告了死亡。

"总算松了口气!卸下了大包袱!"

总之,我在这段时间里疲于应付各种暗斗,一想到这里,我筋疲力尽地坐在椅子上发呆。一刹那我的感觉是"啊,真是太好了,好不容易才解放!"心中倍感爽快。我的疲惫不只是精神方面的,连生理方面也受到波及,与其说是我想好好休养一段时间,倒不如说是我的肉体在强烈渴求。譬如娜奥美是一种烈性的酒,尽管知道喝多了对身体有害,可每一天都嗅到那芳醇的香气,看到斟满的酒杯,我还是忍不住要喝。喝着喝着，酒毒渐渐向身体的各个节点蔓延，周身乏力、无精打采，后脑门像铅一样沉重，一下子站起来只觉得晕眩，好像会后仰倒下。而且随时都有宿醉的感觉，胃不好，记忆力衰退，对所有的事情都没有兴趣，像病人一样没有精神。我脑海中浮现的尽是娜奥美奇妙的幻影，这幻影有时像打嗝一样郁结于心，她的体味、汗水、脂肪始终让人怒气冲冲，倍觉腻烦。这下，"眼不见心不烦"的娜奥美不在了，我的心情如云迷雾锁的梅雨天骤然放晴。

然而，正如刚才所言，那完全是一刹那的感觉。说实话，那种爽快的心情只持续了大约一个小时。无论我的身体多么健壮，也不可能在短短的一个小时内从近来日复一日积攒的疲乏中恢复。坐在椅子上刚松了一口气，没过多久，脑海里就浮现出刚才娜奥美吵架时的瑰丽容颜。"美到令男人憎恶"说的就是那一刹那的她的脸。那可憎的淫妇相貌我刺死也还嫌不够，永远地烙印在我的脑海里，即使想磨灭，也难以磨灭。不知怎的，随着时间流逝愈发鲜明地呈现在眼前，感觉她就在我面前，一直瞪大眼睛盯着我，渐渐地那种可憎变成了深不见底的美丽。想想看，她脸上充满了妖艳的表情，我到今天为止一次都没见过。毫无疑问，那是"邪恶的化身"，同时，她的身体与灵魂所具备的一切的美，都在最高潮的形式中发扬光大了。在那场争吵如火如荼时，我不仅被那美折服，还在心里喊着"啊，好美"，为什么当时没有跪在她的脚下呢？总是优柔寡断、懦弱胆小的我，再愤怒又怎么能够对那可怖的女神，破口大骂、扬起臂膀呢？自己哪来那么莽撞的勇气呢？——直到现在我仍觉得不可思议，甚至渐渐涌起憎恨那粗暴的情绪。

"你真是个笨蛋,惹出这样的祸事来。即使有一星半点的行为不检,能抵得过'那张脸'吗?那等姿容,自此世上再难寻觅!"

我开始觉得好像有谁在指责我,啊,是啊,我做了一件相当划不来的事情。"为了不惹她生气,我一直小心翼翼,结果却落得这样的结局,一定是中了魔了,这样的想法不知从哪里涌上心头。

就在一小时前,我还那么讨厌她,诅咒她的存在,现在却反过来诅咒自己,后悔自己的轻率,这是为什么?那么让人讨厌的女人,为什么竟令人如此恋慕?如此急剧的心理变化连我自己都无法解释,恐怕只有爱神才解得开这个谜吧!我不知不觉站起来,在房间里来回踱步,冥思苦想,怎样才能抚平这份恋慕之苦呢?然而百思不得其解,只想着她的美丽。过去五年间一起共度的一幕幕过往,一个接一个地浮现,啊,那时她说过什么,那样的脸,那样的眼,点点滴滴都是我依依不舍的根源。尤其让我难忘的是,她十五六岁还是个姑娘时,每晚我都在浴缸给她洗身子。我还当马让她骑在我背上"驾!驾!吁——吁!"在房间里绕着圈游戏——为什么这么无聊的事会让我那么怀念呢?实在太蠢了。可是如果她在这之后能再度回到我身边,我想做的头一件事就是再玩玩那时的游戏,再让她跨上我的背,在这个房间里爬来爬去。如果能实现,我不知道自己会多么高兴,简直将此幻想为极致的幸福。不,不单单是幻想,我对她过度留恋,不由自主四肢着地地趴在地上,在房间里转了一圈又一圈,好像她的身体此刻就压在我背上。然后,我——在此写下这些事情实在羞于启齿——跑到二楼,把她的旧衣服翻出来,背了好几件在背上,两手套上她的袜子,又趴着在房间里爬来爬去。

从头开始读这个故事的读者大概会记得,我有一本名为《娜奥美的成长》的纪念册。那是我给她洗澡、擦洗身子时,详细记录她日渐发育的身体的手册,可以说是单独将娜奥美由少女逐渐变成女人的岁月——作为一门学科记录下来的日记簿。我想起日记的每个角落都贴满了照片,照片拍下了当时娜奥美的各种表情、各种姿态。哪怕只是在纪念她的时候也好,我从书箱底部抽出一本长期沾满灰尘的笔记本,依次翻阅。那些照片绝对不能让除我以外的人看到,所以我都是自己冲洗,可能是冲洗得不完全,照片布满像雀斑似的小点。有的照片已留下了岁月的痕迹,就像一张古色古香的画像,朦朦胧胧,反而更让人怀念,感觉是十年、二十年前的往事……仿佛在追溯儿时遥远的梦。照片中她那时喜欢穿的各种各样的衣服,无论是新奇的、轻快的、奢侈的,滑稽可笑的,几乎都被毫无保留地记录下来。有一页是她穿着天鹅绒的男西装,扮成男生的照片。翻到下一页则是以棉巴厘纱缠身如雕像伫立的身姿。再下一页的她穿着闪闪发光的缎子短外褂配缎子和服,细带将她的胸束得高高隆起,衬领是缎带做成的。此外还有各式各样表情动作模仿电影女明星的照片——玛丽·毕克馥的笑颜,葛洛丽亚·斯旺森[1]的眸子,波拉·尼格丽[2]的凶猛、贝比·丹尼尔斯[3]的矫揉造作,愤然的、嫣然的、畏缩的、恍惚的,随她表情和身体的动作一一变化,无一不在诉说她是多么的机敏,多么的灵活,多么的聪明。

―――――――

[1] 美国女演员,以其在无声电影中的生动的表演技巧和魅力而著名。
[2] 波兰女演员,在无声电影时代,凭出演妖艳的恶女大放异彩。
[3] 美国女演员。

"真是不合情理！我把一个了不得的女人放走了！"

我的心像是发了疯，不知道该如何是好，忐忑不安地翻阅着日记，发现照片仍在源源不断地涌现。拍摄手法越来越细致入微，还有局部特写，鼻形、眼形、唇形、指形、胳膊的曲线、肩部曲线、背部曲线、脚的曲线，手腕、脚踝、手肘、膝盖、脚底……无一遗漏地一一拍下，就像对待希腊的雕刻和奈良的佛像一样。至此，娜奥美的身体完全变成了一件艺术品，在我看来，她的身体实际上比奈良的佛像更加完美，我仔细端详，连宗教的感动也涌了出来。啊，我究竟出于怎样的打算拍下了这么精细的照片呢？难道我早就料到，总有一天这会成为悲伤的纪念吗？

我对娜奥美的爱慕越发炽烈。天已经黑了，窗外开始升起昨晚的星星，渐渐冷了下来。从早上十一点开始，我不吃饭，不生火，也没有开灯的力气，在天色渐暗的家中爬上二楼又再走下来，"笨蛋！"我说着打自己的头。对着空房子般冷清的画室墙壁高喊"娜奥美！娜奥美！"甚至一边叫她的名字，一边在地板上蹭额头。无论如何，一定要把她接回来，我绝对无条件向她投降。她的所言所欲，我会一切照办……但是，她现在在做什么呢？她带了那么多行李，一定是从东京站搭汽车回去的吧。若是如此，到浅草的家应该要站五六个小时。她对娘家人如实地说出被赶的理由了吗？还是她会一如往常地逞强，撒谎说是一时离家出走，弄得姐姐、哥哥云里雾里呢？她的娘家在千束町从事低贱工作，她极其讨厌被人说自己是那里的女儿，把父母、兄弟姐妹看作愚笨的异族，极少回娘家——在这个不和谐的家庭里，今后会有何善后之策呢？姐姐和哥哥肯定会让她来道歉，娜奥美肯定会强硬到底:"我不可能去道歉的。谁去给我拿行李回来?"然后毫不担忧,若无其事地开玩笑,夹带着英语趾高气扬地喋喋不休,炫耀时髦的衣裳和物品,好似贵族小姐般访问贫民窟,四处炫耀,惹人生厌……

然而,不管娜奥美怎么说,这毕竟是一件大事,既然发生了,必须有人赶快过来不可……如果当事人说"我不去道歉!"姐姐或是哥哥会代她前来……还是娜奥美的母亲、兄弟姐妹,谁都不担心娜奥美?就像娜奥美对他们很冷淡一样,他们从很久以前开始就对娜奥美不负任何责任。"那孩子就交给你了",他们的态度是把十五岁的女儿托付给我,让她随心所欲。因此,这次任凭娜奥美闹得天翻地覆,他们仍旧会袖手旁观、置之不理吗?若是那样就不会有人专程来替她拿行李了,不是吗?我明明说"你马上回去,派个人过来!你的东西我会全交给那个人",可到现在还不见人来,这是怎么回事?尽管她带走了换洗衣物和随身物品,但是,她视为"仅次于生命"的盛装还留有几套。反正她不可能在那个乱糟糟的千束町闷上一天,所以每天都会花枝招展地出门招摇过市吧!这么一来衣裳更是必要,要是没有会无法忍受吧……

然而,那一晚我等到天黑也不见娜奥美派人来。我直到四周一片漆黑也没开灯,要是被误认为是空房子就糟了,我慌慌张张地亮起所有房间的灯,又出门查看是不是门牌掉了,我搬了椅子到家门口,听了好几个小时的户外脚步声,从八点到了九点,又到了十点,到了十一点……终于从早等到晚,我没有得到任何消息。陷入悲观深渊的我,心中又开始产生各种各样的猜测。娜奥美没有派人来,正好是她并不重视这件事的证据,她认为两三天就可以解决。"没关系的,对方对我很着迷,如果没有我,他一天也过不下去,一定会来接我的。"这不正是她的应对之策吗?她已经习惯了奢侈,知道在娘家那样的环境没办法生活。即使到了其他男人那里,也不会有人像我这么珍视她,让她随心所欲。娜奥美这家伙对这件事了解得一清二楚,嘴上说着逞强的话,心里却在等着我去接吧?还是明天早上,她的姐姐或是哥哥就会来调解了?说不定夜晚忙着做生意,非得早上才能出门。总而言之,没有人来反而还留了一线希望。如果明天还没有消息,我再去接。事已至此,什么尊严、体面我都不要了——本来我就是因为尊严和体面才失算的。即使被她的娘家人嘲笑,被她看穿心思,反正我去了一再赔不是,求姐姐哥哥们帮忙说说好话,说上百万遍"这是我一生的心愿,请回家吧",让她有了面子,就会大摇大摆地回来吧!

我一整夜几乎没闭过眼,等到第二天下午六点的时候,还是杳无音信,我忍无可忍地冲出家门,急急忙忙赶到浅草。想尽快见到她,只要见到她就放心了——思念的焦灼,说的就是那时候的我吧!我心中除了"想见她,想看她"之外,再无他念。

我七点左右抵达位于花圃后方,隐于错综复杂巷弄之中的千束町之家。我感到相当难为情,悄悄拉开格子门,站在土间小声说:

"那个,我是从大森来的,请问娜奥美在家吗?"

"噢,河合先生!"

姐姐听了我的话,从后面的房间里探出头来,带着诧异的表情说,

"咦,小娜美吗?……不在,她不在家。"

"那就怪了,应该不会没来吧,昨天晚上她说要来这里就出门了……"

二 十 一

　　一开始我认为姐姐是有意隐瞒,试着说了好多拜托的话,慢慢追问,好像娜奥美其实并没有来这里。

　　"奇了怪了,这实在……她带了一大堆行李,应该不能带着那些东西到处跑啊……"

　　"咦,她带着行李?"

　　"箱子咯、皮包咯、包袱咯,带了一大堆呢。其实,昨天我们为了一点小事吵了一小架……"

　　"她自己说要来这里了吗?"

　　"不是她自己,是我说的!我说让她马上回浅草,之后派人过去……我想着要是谁让她回去,她总会通情达理些。"

　　"哎,原来是这么回事……不过,说到底那孩子是不会来我们这里的哟!照你那么说,她也许会回来,可是……"

　　"可是,要是昨天晚上就走了,可就难说了!"

　　在我们谈话期间,她大哥也出来说道:

　　"她还有什么地方可以去吗?您要是心中有谱,请到别的地方找找看。到现在都没来,看来她是不打算回这里的。"

"而且，小娜美根本就不回家，那还是……什么时候呀……我已经两个月没见到她的面了！"

"不好意思，如果她到这里来，无论她本人说什么，劳烦尽快通知我。"

"好的，俺们现在对那孩子也不抱什么想法咯，来了马上通知你。"

我坐在门框上，小口喝着端上来的苦茶，一时不知所措。面对听到妹妹离家出走的消息后无动于衷的哥哥姐姐，即使诉说自己的苦衷，也于事无补。最后，我再三强调，万一她回到这里来，无论什么时间赶紧联系我，要是白天麻烦打公司的电话。这阵子有时我向公司请假，要是不在公司，请马上给大森发个电报。那样的话我会来接你们，在那之前千万别让她去别的地方。我絮絮叨叨、反反复复地拜托了好久，尽管如此，我总觉得这些人吊儿郎当靠不住，为了慎重起见，我把公司的电话号码给他们，看他们这样子怕是连大森家的门牌号都不知道，我又详细地写下了地址。

"啊呀，这可如何是好？她跑到哪里去了呀？"

——我怀着几乎要哭出来的心情度日……不，事实上我也许已经哭丧着脸了——走出千束町的小巷，我毫无目的地在公园中一边漫步一边思索，从她没回娘家来看，事态比预料的严重。

"一定在熊谷那里，她逃到那家伙那里去了！"——想到这儿，我想起娜奥美昨天出门时说："这样我可难办了！有一些东西我现在就要用。"这就对了。对了，果然是这样，因为要去熊谷的住处，所以才带着那么多行李去的。或许从以前开始，两个人就商量过要这么干。如果是这样,我不知道这会不会很难办。首先,我不知道熊谷家在哪里。这事只要调查一下就能明白,但他总不能把她藏在父母家里吧!那家伙尽管是不良少年,但父母好像是相当体面的人,不会允许自己的孩子干出败坏门风的事吧!要是那家伙也离家出走,两个人会不会躲在什么地方?还是会拿着父母的钱去吃喝玩乐?但,倘若如此,弄清楚就好办了。那样我就和熊谷的父母谈判,要他们严加干涉。即使他不听父母的意见,钱用完了,两个人也不可能生活在一起,最终还得各回各家。到头来多半是这样的结局,可是,在这期间自己要承受的苦痛呢——一个月能了结吗?还是要两个月、三个月,抑或是半年呢……不!要是那样就完蛋了。长此以往,她渐渐会不想回家,或许又会有第二个、第三个男人。因而我不能磨磨蹭蹭地拖下去。分离得越久,我和她的缘分就越浅,她会时时刻刻想着离我而去。我这就动手!你想逃就能逃得了吗!我一定要把你拉回来!"临时抱佛脚"——我从来不信神灵,那时突然想起来,要去参拜观音,诚心祷告:"让我早一点知道娜奥美的住处,明天就让她回来!"接着,不知去哪儿好,逛了两三间酒吧,喝得醉醺醺的,回到大森的家已是晚上十二点多了。可是,即使喝醉了,娜奥美的事情始终萦绕在脑海,想睡也不容易睡着。过了一会儿酒醒了,又会闷闷不乐想起这件事。怎么样才能找到她的住处呢?熊谷是不是已经离家出走了?到他家里去谈判,也要先确认他是谁,否则也太轻率了,这么说要是不请秘密侦探的话,短时间内是没有办法确认了……我思前想后,突然想起了滨田。对对对,还有个滨田在,自己竟忘记了,那个男孩应该已经站在我这边了。我们在"松浅"分别时我记得留了他的地址,明天就赶快写信给他。写信太慢，那就打电报？那又有点太小题大做了，他家大概有电话吧，打电话请他来？不不不，他来太慢了，我可等不了。有那工夫还不如用来找熊谷。此时最重要的是了解熊谷的动静，滨田有他自己的门路，会马上告诉我消息。眼下，能够体察我的痛苦、救我于水火的人，除了那个男人不做他想。这或许也是"临时抱佛脚"……

第二天早上，我七点起床，奔向附近的公用电话亭，翻开电话簿，正好一翻就翻到滨田家。

"噢，您找少爷啊，他还没起床……"接电话的女仆说。

"实在不好意思，因为有急事，请您务必请他接一下……"

经过我多番请求，过了一会儿，滨田接起了电话。

"您是河合先生吗？住大森的那位？"他以睡意未消的声音问。

"嗯嗯，没错，我就是大森的河合。平日给您添了很多麻烦，又突然在这个时间打电话，太失礼了。其实是，娜奥美逃走了……"

说到"逃走了"的时候，我不知不觉地变成了哭声。在冷得有如冬天的早晨，我在睡衣外面披了件和式棉袄儿就慌慌张张地跑了出来，所以现在我一边握着话筒，一边哆嗦个不停。

"啊，娜奥美小姐吗？果然出事了。"滨田出乎意料的平静。

"那么说，你是已经知道了？"

"我昨天晚上碰到她了！"

"咦？碰到娜奥美？你昨天晚上碰到过她？"

这下，我和之前的局部哆嗦不同，全身都颤抖了起来。颤抖得太激烈，以至于我把门牙"咔"的一声磕到了话筒上。

"昨天晚上我到埃尔多拉多跳舞,娜奥美也去了。我没怎么多问,只是觉得情况有点不对劲,所以我猜想大概是这么一回事儿。"

"和谁一起去的?是和熊谷一起吗?"

"不只有熊谷,还有五六个男的,其中还有洋人。"

"洋人?……"

"是的,她穿着看起来很高档的洋装呢!"

"她出门的时候,没有带洋装啊……"

"总之,我看到的她是穿的洋装,而且还是正式的晚礼服呢!"

我难以置信,一下子呆若木鸡,完全不知道该问什么好。

二十二

"啊,喂?喂!您怎么了,河合先生……喂……"

因为我在电话这头老不说话,滨田这样说着催促我。

"哎,喂,喂……"

"啊……"

"河合先生吗……"

"啊……"

"你怎么了……"

"啊……我不知道该怎么办……"

"但是在电话那头想,也不是个办法呀!"

"我知道没有办法,但是…………但是滨田,我真的很为难啊!我不知道怎么了。自从那家伙不在了,我晚上夜不能寐,辗转反侧,为此痛苦不已……"

在这里,我为了寻求滨田的同情而竭尽全力地博取他的怜悯。

"滨田,这个时候,我除了你没有可以依靠的人了。虽然会给你意外添加麻烦,但是,我,我……我无论如何都想知道娜奥美的住处。我想弄清楚她是在熊谷那里,还是在其他的男人那里。这实在是我自作主张的请求，能不能请你尽力去调查一下呢？……我是这么想的，比起我自己去调查，你去调查会不会门路更多、人脉更广呢……"

"哎，也是，也许我一查马上就知道了也说不准。"滨田像是一点儿也不费事似的说，

"不过，河合先生，你心里觉得她大概会在哪里呢？"

"我想必定在熊谷那里。其实，我是看在你的分上才肯说的——实际上，娜奥美现在还瞒着我和熊谷保持着关系。前一阵子事情败露之后，终于和我大吵一架离家出走了……"

"嗯……"

"可是听你说，她又和洋人还有别的男人裹在一起，还穿着洋装什么的，这我可完全摸不着头脑了。不过我想，如果你见了熊谷，大概就能了解情况了……"

"哎哟，好了，好了。"滨田打断了我没完没了的牢骚。

"不管怎样，我先查一查。"

"那麻烦你费心，越快越好……如果今天就能知道结果的话，可就帮大忙了……"

"啊，这样啊，大概今天就能知道了。如果知道了要去哪里通知你呢？你最近还在大井町的公司吗？"

"不！发生这件事之后，我一直请假没去公司。心想万一娜奥美会回来呢，所以我尽可能不出家门。还有我知道提出这种要求很任性，但电话里说不方便，如果能见面谈，那就太好了……你意下如何？要是了解了情况，能屈尊来大森一趟吗？"

二十二 | 189

"嗯，没事儿，反正我闲着也是闲着。"

"啊，谢谢你，你能为我做到这一步，我真的很感激。"

我感觉等待滨田的每一分钟都相当于千万年那样长久，又火急火燎地问道："那么，你大概几点来呢？最迟两三点总能知道了吧？"

"这个嘛，我想应该可以吧。可是这家伙要是不先找一找，也不确定他人在哪儿。我一定采取最佳手段，但看情形要花两三天也说不定……"

"那，那也没办法了，不管是明天还是后天，我会一直在家等着你来。"

"知道了，具体情况等我们见了面再讲……那，再见了！"

"欸，喂？喂！"

电话快挂时，我急忙再次叫住了滨田。

"喂，喂……那个，还有……这要看当时的情况如何。如果你能当面见到娜奥美，要是能说上话，我想请你这么说——我决不会谴责她的罪过，我很清楚她的堕落之中有一部分是我的罪过。所以，我准备为自己的过错好好道歉，她提出任何条件我都答应，让过去的一切付诸东流吧，无论如何请她再次回到家里来。要是她还不愿意，最起码请她和我见一面！"

在说到"她提出任何条件我都会答应"的时候，说实话，我下一句真想说"如果她要我下跪，我会欣然下跪。如果她要我磕头，那我就磕头。无论如何我都道歉"，可到底还是不好意思说出口。

"——如果可以的话，我想请你告诉她，我非常思念她……"

"啊，这样啊，有机会我尽量转告她。"

"还有……以她的脾气，可能心里很想回来，只是为了死要面子在逞强。如果是那样，你就说我很颓丧，实在不行你把她硬拉回来也行。"

"知道了，知道了，虽然不能保证能办到，我尽量就是了！"

滨田的语气似乎对我过于啰唆有点不耐烦。我在公用电话亭打了三通电话，直到蛙嘴小钱包里的五日元硬币用尽为止。这大概是我有生以来第一次这样带着哭腔说话，话音中带着颤抖，这么口若悬河，又如此厚颜无耻。挂断电话，我并未因此放松，开始以迫切的心情盼望滨田到来。他是说了今天之内多半能来，但要是今天没来又如何是好？——不！不是如何是好，而是自己会变得如何？现在自己除了恋慕着娜奥美之外，再无可做之事。我对任何事都无能为力。睡不着，吃不下饭，出不了门，在家闭门不出，让不熟悉的人为自己奔走，自己只能束手无策地等消息。其实，人最痛苦之事莫过于无事可做。我还要在此之上叠加相思之苦，我想念娜奥美，欲死欲狂。我为这份爱恋苦恼的同时，将自己的命运托付给他人，凝视着时钟的指针转动，想想都觉得受不了。哪怕是短短一分钟，"时间"的脚步都停滞得令人惊讶，让人感到无限的漫长。一分钟要轮转六十次才有一个小时，轮转一百二十次才有两个小时，假设要等三小时，就要任时针嘀嘀嗒嗒绕上一百八十圈，这是多么无聊枯燥、无可奈何的"时间"啊！倘若不是三小时，而是四小时、五小时，抑或是半天、一天，甚至是两天、三天，我定会因过度等待、极度思念而癫狂。

我心里琢磨着滨田再怎么快也要到傍晚才会来，可是，打完电话才过了四个多小时，大约十二点，门外响起了尖锐的门铃声，接着传来滨田的一句"你好"。我听到这意外的声音,不由得高兴得跳了起来,急急忙忙去开门。

"啊,你好。马上来开门,门给锁上了。"我以心神不定的语调说。心想:"没想到这么快就来了,说不定毫不费劲就见到了娜奥美,见了面就立马谈妥了。是不是把她一块儿给带回来了呢?"想到这里,我更是喜不自胜,心脏怦怦跳个不停。

一打开门,我以为她就站在滨田后面,四处张望,结果谁也没有。只有滨田一个人站在门廊上。

"呀,之前失礼了。怎么样?知道了吗?"我以迫不及待的语气问道。滨田不紧不慢,怜悯地望着我的脸,说道:

"嗯,知道是知道了……可是,河合先生,那个人已经没救了,您还是放弃吧!"他说得斩钉截铁,还摇了摇头。

"这,这,这到底是什么原因?"

"什么原因,这话暂且放一放……我是为您着想才说的,忘掉娜奥美这个人好吗?"

"这么说,你是见到娜奥美了?见面谈过之后感觉非常绝望吗?"

"不,我没见到娜奥美。我去见了熊谷,询问了详细情况。她做得实在太过分了,着实让我吃惊。"

"不过,滨田,娜奥美到底在哪里?我最想听的是这个。"

"在哪里,她如今居无定所,四海为家,处处留宿!"

"没有那么多地方可以住吧?"

"娜奥美不知道有多少个您不认识的男性朋友。听说一开始和您吵架那天,她去了熊谷那里。要是她先打电话知会一声,悄悄地去也还好,可她带着一堆行李搭汽车,冷不丁停在人家玄关口。熊谷家的人都议论纷纷,不知是谁大驾光临,骚乱之中也说不出'请进',连熊谷也不知如何是好。"

"唔,然后呢?"

"实在没办法,只好把行李先藏在熊谷的房间里,两个人先出去逛,然后去了一家不怎么正经的旅馆。而且那个旅馆就是大森家附近的那个叫什么楼的地方,就是那天早上在那里见面被您发现的地方。这也实在太大胆了吧!"

"那么,那天他们又去了那里吗?"

"嗯,他是这样说的。熊谷好像很得意,走到哪儿就说到哪儿,我听了很不高兴。"

"所以那天晚上,两个人在那里留宿吗?"

"并非如此。到傍晚为止他们一直在那里,后来一起在银座散步,最后在尾张町的十字路口分手了。"

"不过,这就奇怪了,熊谷这家伙是不是在说谎……"

"不,请您先听我说完。分手时熊谷有点同情她,问她:'今晚你要住在哪儿?'她回答:'住的地方要多少都多少。我等下去横滨。'毫无半点丧气,大步流星地往新桥方向走去了……"

"横滨,谁的住处在那里?"

"熊谷心想,这就奇怪了呀!娜奥美脸面再大,横滨应该没有可以住的地方吧?可能是嘴上这么说,最后多半还得回大森。娜奥美第二天傍晚打来电话说:'我在埃尔多拉多等你,你能马上来吗?'熊谷去了一看,娜奥美身穿分外醒目的晚礼服,手执孔雀毛制成的羽毛扇,又是颈饰,又是镯子,整个人珠光宝气。她被一群男人围着,里面还有外国人,场面貌似很喧闹。"

听完滨田说的话,我彻底惊呆了。娜奥美仿佛是一个"玩偶匣",一打开就会蹦出让人大惊失色的事实。也就是说,娜奥美第一晚像是住在洋人家,那个洋人名叫威廉·麦坎内尔,就是那个我第一次和娜奥美到埃尔多拉多跳舞时,不做自我介绍就硬凑过来要和她一起跳舞的那个厚脸皮、油头粉面的娘娘腔男人。更加让人吃惊的是——据熊谷观察——娜奥美那晚去住之前,和那个叫麦坎内尔的男子并没有那么深的交情。本来娜奥美以前似乎就暗中倾慕那个男的。毕竟长了张女人喜欢的脸,又很清秀,就像一个演员,不仅被舞友们称为"色洋鬼子",连娜奥美自己也曾说:"那个洋人的侧脸很好看,有的部位酷似约翰·巴里,不是吗?"——约翰·巴里就是经常在银幕上看见的美国电影演员约翰·巴里莫尔[①]——她确实早就对他有意,说不定经常暗送秋波。因此麦坎内尔看到"这小妞对我有意",也和她有过互动吧。他们并不是朋友,她只是奔着这点渊源就跑去了。她一上门,麦坎内尔也觉得像是飞来了一只有趣的鸟,就问:"今夜要不要留宿在我家?"

"好啊,住下来也没什么!"她就这么顺势住了下来……

"不管怎么说,我都有点不敢相信,那家伙会去一个男人家,当晚马上就要留宿……"

"但是河合先生,我想娜奥美说的时候是毫不介意的,麦坎内尔

[①] 美国20世纪初期演员,是美国无声电影最初实验作品《唐璜》的主角。

看上去还有点不可思议的感觉,听说昨晚他还向熊谷打听:'这个小姐究竟是个什么来历?'"

"能让来历不明的女人留宿,这人也真是有问题。"

"岂止是让她留宿,还让她穿上洋装,戴上手环和颈饰,这不是更让她得意了!您说说,就一个晚上两个人就熟得跟什么似的,娜奥美还'威廉!威廉!'地喊那家伙。"

"那么,洋装、颈饰都是那个男的给她买的?"

"好像是,不过,洋人也有可能是向朋友借来的,应付一会儿而已。大概一开始是娜奥美撒娇说,'人家想穿洋装试试!'最后男的为了讨好她就答应了。那洋装不像是成衣,非常合身,鞋子也是法国的细高跟,全漆皮制成,鞋尖上好像还镶着人造小钻石,闪闪发亮。就好像昨晚的娜奥美是童话故事中的仙蒂瑞拉。"

听滨田一说,我想象着有如仙蒂瑞拉的娜奥美是多么美丽,心突然不自觉地悸动,可是,下一刹那,又对她的行为不检感到震惊,感到下流,既可鄙又可怜,那是一种难以言说的不悦。熊谷还说得过去,可她竟跑到秉性不明的洋人那里,黏黏糊糊纠缠不清,还要人家置办衣物,这难道是到昨天为止还是有夫之妇的人该做的事吗?那个和自己同居多年,名叫娜奥美的女人,就是这那么肮脏,像卖淫女一样的女人吗?难道我至今不知她的真面目,做了一个愚蠢的梦吗?哎,诚如滨田所说,自己再怎么留恋,那个女人也必须放弃不可。我出了天大的丑,往全天下男人脸上抹了黑……

"滨田,虽然有点啰唆,但慎重起见,冒昧地问一句,你现在说的都是事实吗?不只是熊谷能证明,你也能证明吧?"

滨田看我眼中含泪，同情似的点点头：

"您这么问，我能了解您的心情。有些话不好开口，不过，昨天晚上我也在场，我想熊谷说的大概是真的。要是再说些别的事，那还有好多事情，您要是听了必然会彻底释怀，请不要再三地往下追问了。请您相信我，我并不是故意图开心夸大事实……"

"好，谢谢！告诉我这些已经够了，没必要再问了……"

不知怎么的，说着说着，我的话就卡在喉咙里了，一下子大颗大颗的眼泪"啪嗒啪嗒"地往下掉。我心想："这下完了"。突然紧紧地抱住滨田，脸一下子伏在他的肩上，然后哇的一声号啕大哭起来。

"滨田！我、我……已经彻底放弃了那个女人！"

"您说得对！这话说得理所应当！"滨田可能受到我的感染，声音也变得沙哑。

"说实在的，我今天是想向您宣布，娜奥美已经没有希望了。而且，她那个人说不定什么时候又会若无其事地出现在您面前。事实上，现在谁都不是认真的，没有人会把娜奥美当作正经人相处。用熊谷的话说，大家不过拿她当消遣的玩意儿，还给她取了个说不出口的龌龊绰号。我不知道您到现在为止，在无形之中被蒙上了多大的羞辱……"

曾经和我一样热烈地痴恋着娜奥美的滨田，和我一样被她背叛的滨田——这个少年充满悲愤、打从心底为我着想的话语，有一种用锋利的手术刀把腐肉剜出来的效果。"大家不过拿她当消遣的玩意儿，还给她取了说不出口的龌龊绰号——"这些直言不讳的话语反而让我心情舒爽，有如疟疾被治愈了一般，一时间，肩头变轻松了，连眼泪也止住了。

二十三

"河合先生,不要一直把自己闷在家里,要不要出去走走、散散心?"受到滨田的邀请,我说:"那你稍微等我一下!"这两天我既没漱口,也没刮胡子,等我刮好胡子、洗好脸,怀着清爽的心情,大约两点半和滨田一起来到户外。

因为滨田说:"这种时候,不如到郊外散步!"我也赞成,就说:"那往这边走吧!"可一往池上方向走,我突然感到不舒服停住了脚步。

"不走这方向,挺忌讳的!"

"咦,为什么啊?"

"刚才说的曙楼,就是往那个方向!"

"哦,那可不行!那么怎么走?要不从这里一直走到海岸,往川崎的方向走走?"

"嗯,好啊,那样是最保险的。"

于是滨田转身朝相反的方向走去,那是停车场的方向。我仔细一想,那个方向也不安全。要是娜奥美还要去曙楼,这个当口她保不齐正带着熊谷出来,说不定会在毛唐和京滨间往返。总之,只要是省线电车停靠的地方都是禁忌。

"今天给你添麻烦了。"我若无其事地一边说,一边走在他前头,转过小巷,越过田间小路的铁道口。

"什么啦,这种事不打紧,我心想反正早晚有一天会发生这样的事。"

"唔,在你看来,我是不是很可笑?"

"但是,我也曾很可笑,没有嘲笑您的资格。只不过我在自己的热情冷却之后,觉得您非常可怜。"

"可是你还年轻,可以说得过去,像我这样三十多岁的人,还遇到这种荒唐事,真是太不像话了。而且,要是你不告诉我,我不知道自己还会荒唐到什么时候……"

走出庄稼地,晚秋的天空好像在安慰我一样,高高的,天朗气清,风嗖嗖地吹,吹得我哭得肿胀的眼眶火辣辣地疼。而远处的铁轨上,那辆禁忌的省线电车在田地里飞驰着。

"滨田!你吃过午饭了吗?"

默默走了一阵了之后,我问。

"没,其实还没吃。您呢?"

"我从前天起,光喝酒了,几乎没吃饭,现在肚子饿极了。"

"那是当然的,不要这么乱来,搞坏了身体划不来!"

"不,没关系,多亏你让我开了窍,我再也不会乱来了。从明天起,我会重生为另一个人,然后再到公司去上班。"

"啊,那样可以让人消愁。我失恋的时候,也想着怎么才能忘记,于是拼命地做音乐来着。"

"能够做音乐，在那种时候是极好的吧？我没有什么才艺，除了努力做公司的事，没有别的方法……但不管怎样，不是肚子饿了吗？到哪里吃个饭吧！"

两人说着说着逛到了六乡的尽头，没过多久，我们走进川崎街上的一家牛肉馆，围着煮得"咕嘟咕嘟"的热锅，又像在"松浅"时那样交杯换盏。

"你，你，再干一杯怎么样？"

"哎呀，就这么喝，空腹喝酒伤身！"

"算了吧，今晚我消了魔咒，请为我举杯庆祝。我明天就要戒酒了，今晚还不能喝个一醉方休吗？"

"啊，这样啊，那为你的健康干杯！"

滨田的脸被火烧得通红，满脸的痤疮，就像刚煮出来的牛肉，扑哧扑哧地冒光。这时我已大醉，分不清是悲是喜。

"对了，滨田，我有个问题想问。"我看准时机，靠近他，"你说娜奥美被取了说不出口的龌龊绰号，究竟是个什么绰号呢？"

"不！那不能说，那实在是太难听了！"

"难听也没关系。那女人于我已经成了陌生人，你无须顾虑了不是吗？欸，告诉我叫什么啦。我要是知道，心里反而更爽快。"

"也许于您是如此，可我终究开不了口，请您见谅。总之是很难听的绰号，想象一下就能明白。我最多可以告诉您，取这绰号的由来。"

"那就请告诉我它的由来。"

"可是河合先生……还是很难为情！"说着，滨田搔搔头，"那实在太龌龊了,您要是听了,无论如何心情肯定会变差的。"

"没事没事,不要紧的,你就告诉我吧!我现在完全是出于好奇心,想知道那个女人的秘密。"

"那我就稍稍透露一点秘密吧……今年夏天在镰仓的时候,您觉得娜奥美到底有几个男人呢?"

"嗯,据我所知,只有你和熊谷,除此之外还有吗?"

"河合先生,您可不要被吓到哟……关和中村也都是呀!"

我虽已有些醉意,可还是觉得身体有如电流穿过,然后不由自主地,将眼前的酒"咕咚咕咚"地灌了五六杯,才终于开口。

"那就是说,那时候的所有人无一遗漏。"

"嗯,是啊。那么您觉得是在哪里见面的呢?"

"那个大久保的别墅?"

"是您租住的花匠家的客房呀!"

"是嘛……"

一说完,我就像要窒息一般,默然无声地沉入谷底。

"哼,这样啊,真让我吃惊!"良久,我终于发出呻吟般的声音。

"所以那个时候,恐怕最犯难的是花匠的老板娘吧!因为熊谷这层关系,又不能赶他们走,可眼看着自己的家成了魔窟,五花八门的男人走马灯一样进进出出,左邻右舍看着也不体面。还有万一被您知道了,岂不是更糟糕?所以,我估计她也捏了一把汗吧!"

"哈哈,原来如此,这就对了!难怪有一次我问起娜奥美,老板娘很是张皇失措,惴惴不安的,原来是因为这个。大森的家成了你的幽会之所，花匠家的客房又成了魔窟，我竟然不知道这件事，哎呀呀，我真是丢人现眼啊！"

"啊，河合先生，不要再提大森的事！您这么说，我向您道歉！"

"啊哈哈哈，算了，一切都是过去的事了，有什么好挂虑的！不过，一想到我被娜奥美如此巧妙地欺骗了，反倒是觉得痛快了。她的手段太过精妙，真是让我叹为观止！"

"就像相扑的某种手段，'嘭'的一声被对方背起来狠狠地摔了出去。"

"同感同感，如你所说的——那这又怎么说？那一帮人都被娜奥美蒙在鼓里，彼此都不知情吗？"

"不，是知道的，有一次不知怎么搞的两个人撞在一起了！"

"没因此吵架吗？"

"他们相互之间，心照不宣地结成了同盟，把娜奥美当作共有物。也就是在那之后给娜奥美取了很龌龊、难听的绰号，背后大家都用绰号称呼她。您不知道反而是种幸福，而我深感同情，一心想着怎么样才能救出娜奥美。可只要我一提起大家就大怒，反而来欺负我，我也没法再管了。"

滨田到底是想起了往事，语调也变得感伤起来，

"河合先生，我上次在'松浅'见到您时，还没把这种事告诉过您吧。"

"按你当时的说法，最能随心所欲地摆布娜奥美的人是熊谷。"

"嗯，是的，我当时是这么说的。但这并不是谎言，娜奥美和熊谷都很粗野，因而很合得来，感情也最好。所以，熊谷比任何人都要

厉害。我那时觉得所有的坏事都是他教的，才那么对你说。但还有更过分的事，我没对您说。那时我还祈求您不要抛弃娜奥美，引导她走向善道。"

"我哪里能引导得了，反而要被拖入深渊。"

"任何男人遇见娜奥美，都会变得这样。"

"那个女人有一种不可思议的魔力。"

"那的确是一种魔力啊！我也感觉到了，所以无法再靠近那个人，一旦靠近，我就觉得身临险境……"

娜奥美，娜奥美……我们彼此之间不知重复了多少次这个名字。两个人将这名字当下酒菜配酒饮下。那滑溜顺畅的发音，像比牛肉更美味的食物一样，我们以舌细品，以唾液舔舐，让它留于唇上。

"彼此彼此，被那样的女人骗上一次也无妨。"我无限感慨地说。

"那倒也是！总之，多亏那个人，我才尝到了初恋的滋味。尽管短暂，但毕竟也做了一场美梦，想到这里不得不感谢她！"

"可是，今后会怎样呢？那女人最后会怎么收场呢？"

"谁知道呢，今后只会越来越堕落吧！熊谷说：'住麦坎内尔那里也不是个长久之计，两三天之后不知又会搬到哪里去，我那里还留有娜奥美的行李，她说也许会过来。'难道娜奥美没有自己的家吗？"

"她娘家是浅草的名酒制造商……我可怜那家伙，至今都没有跟谁提起。"

"啊，是这样啊，果然所谓的出身是决定性格。"

"按娜奥美说的,她家原来是旗本的武士,自己出生的时候住在下二番町的豪华宅邸。'奈绪美'这个名字是她祖母取的,祖母是时髦人士,明治时代还去鹿鸣馆①跳过舞,是不是真的我就不清楚了。总之,她家庭出身不好,我如今对此深有感慨。"

"这么一听,更觉得可怕了。娜奥美小姐身上流着淫荡的血,注定会有那样的命运,即使得到您收养栽培也……"

两个人在那里一直说了三个小时,出去的时候已经是晚上七点多了,可还有说不尽的话。

"滨田,你是要搭省线回去吗?"

走在川崎街上,我问。

"不知道欸,不过接下来还要走也太……"

"话虽如此,我还是选择京滨电车。如果她在横滨的话,省线感觉有点危险。"

"那我也搭京滨吧……可是,娜奥美到处瞎转悠,总有一天会在哪里碰到的!"

"这样一来,不能随便在户外走了。"

"她肯定会频繁出入舞场,所以银座一带是最危险的区域。"

"就连大森也未必安全,有横滨、有花月园、有曙楼……看样子也许我还要搬家另外租个单间。在这段时间里,我不想再看到她的脸,直到我的余情冷却。"

我让滨田陪着我搭了京滨电车,一直到大森才和他告别。

---

① 明治时代日本华族接待外国国宾的宴会场所,位于东京都千代田区内幸町。

二十四

在我饱受孤独和失恋的折磨之际，又发生了一件悲伤的事件。说的不是别的，正是故乡的母亲因脑出血猝死的事情。在见到滨田后的第三天早上，我在公司收到病危电报，我马上赶到上野，傍晚时分赶到了乡下老家。可那时母亲已经失去了意识，见了我也认不出了，两三个小时之后她咽了气。

幼年丧父、由母亲一手抚养长大的我，首次体验了"失去双亲的悲伤"。更何况母亲和我的羁绊远远超出世间普通的母子。回想过去，我没有任何类似自己反抗母亲、母亲斥责我的记忆。这也许是因为我尊敬她，但更重要的是母亲非常体贴，富有慈爱之心。随着儿子逐渐长大，离开故乡来到都市，世上常有父母担心孩子，质疑孩子的品行，或者因这些原因日渐疏远。可我的母亲在我去了东京之后，仍然相信我、理解我、为我着想。我是家里的长子，下面只有两个妹妹，放手让长子出门闯荡对母亲来说，怕是既孤单又担忧的吧？然而母亲从未有过怨言，她总是祈祷我能出人头地。因此，比起在她膝下时，远离她的我反而更加深刻地感受到了她的慈爱。特别是和娜奥美结婚前后，任性妄为的事接二连三，每次母亲爽快地应允我时，我都忍不住为那份温情流下泪来。

母亲意外猝死,我像是做梦般恍恍惚惚地守在遗骸旁边。直到昨天,还在全身心为娜奥美的美色如痴如狂的我,与今天跪在佛前烧香的我,这两个"我"的世界,怎么想都没有关联。昨天的我是真正的我,抑或今天的我才是真正的我?——叹息、悲伤、错愕的泪水之中,自我反省之际,不知从何处传来这样的声音——"你母亲今天的死,并非偶然。她是在告诫你要吸取教训。"另一个方向也传来这样的私语。于是,我回想起母亲昔日的面貌,觉得自己对不住她,悔恨的泪水再度盈满眼眶。因为哭得太厉害,太难为情,所以爬到后山的半山腰,一边眺望充满童年回忆的森林、田间小道和田园风光,一边潸然泪下。

如此深重的悲伤使我得到净化,变得玲珑剔透。不必多言,堆积在内心与身体里的不洁也被洗得一干二净。如果没有这份悲伤,或许我现在还无法忘记那个肮脏的淫妇,还在为失恋的痛苦而烦恼吧!想到这里,我感觉母亲的死并非毫无意义。不,至少我不能让她的死毫无意义。自己已经厌倦都市的空气,虽说我想过出人头地,然而来到东京,只是过着轻佻浮华的生活罢了,既没有立身处世,也没有出人头地。我当时的真正想法是像自己这样的乡巴佬,终究还是适合乡下。自己就此退隐故乡,亲近故乡的热土吧!然后守着母亲的墓,与村民为邻,像我的祖祖辈辈一样做个庄稼人吧——我甚至动了这种念头。然而,叔叔、妹妹们还有亲戚们的意见是:"那也太突然了。现在你的沮丧也不是不能理解,不过话说回来,男人是不会为了母亲的死而白白埋没了大好前程的吧!无论是谁,一旦父母去世,都会有一段时间的消沉，但随着岁月的流逝，那种悲伤也会渐渐淡化。所以，你如果真的想回乡下的话，也该三思而行才是。再说，你如果突然辞职，对公司也不好。"我想说："其实不只是这样，还没告诉大家，我那婆娘跑掉了……"可话到嘴边，又觉得在一堆人面前太丢人现眼，且眼下正是忙得不可开交的时候，终究没能说出口。（对于娜奥美没到乡下露脸，我用生病搪塞了过去。）头七的法事结束后，接下来的事我全都拜托给了我的叔叔、婶婶，他们作为我的代理人管理财产。总之，我听了大家的劝告，暂且先回到了东京。

但是，去公司也没什么意思。我在公司里的受欢迎程度已经不如从前。兢兢业业，品行端正，有着"君子"之称的我，因为娜奥美颜面尽失，失去了董事和同事的信任。甚至有人调侃说，这次母亲去世，恐怕也是以此为借口请假休息。基于以上种种，我愈发于心不安，二七那天我回老家住了一晚，其间和叔叔透露"我不久也许会辞职"，叔叔回答说"行了行了"，并没有放在心上。第二天我又不情不愿地去上班。在公司的时候还好，傍晚到晚上的时间对我来说实在难熬。说起来还是因为我无法下定决心，究竟是搬回乡下去，还是留在东京，所以没搬家，依旧一个人住在大森空荡荡的房子里。

一下班，依旧不愿碰到娜奥美的我，尽量避开热闹的地方，直接坐京滨电车回大森。之后就在附近随便吃一点，晚饭光吃些荞麦面呀乌冬什么的，除此之外百无聊赖。没办法，只好爬上卧室盖上被子，却很少能香甜地入睡，往往两三个小时过去，眼还睁着，人还醒着。所谓的寝室，就是之前阁楼上的小房间，那里直到现在还堆着她的东西。过去五年的紊乱、放荡不羁、沉湎声色的味道都渗透进了墙壁和柱子中。那味道即是她皮肤的臭味。懒惰的她，衣服脏了也不洗，揉成一团塞在那里，那些东西如今还堆在通风不佳的房间里闷着。我实在受不了，后来就睡在画室的沙发上，却依旧不能轻易入睡。

母亲过世之后三周，进入那年的十二月，我终于下定了辞职的决心。考虑到公司年底的安排，双方约好做到年底。这件事我事先没跟谁商量，是独自筹谋划算的，家里人也还没得到消息。这之后又忍了一个月，我的心情终于平复了一些。怀着几分气定神闲，得空就看看书，或是散散步，尽管如此我也绝不靠近危险区域。有一天晚上实在太过无聊，走到品川那边时，想看松之助的电影以作消遣。走进电影院，正在放映的却是罗伊德的喜剧，美国年轻的女明星在剧中一现身，我又不自禁地冒出各种念头。我那时心想："以后再不看外国影片了！"

于是，到了十二月中旬的某个礼拜天的清晨。我在二楼睡着了（那时候我因画室太冷，又搬回了阁楼），听到楼下发出"沙沙"的声响，像是有人。哎呀，好奇怪啊，外面应该是关着门的……我正这么想着，熟悉的脚步声立马传入耳中，冒冒失失就往楼梯上冲，不等我缓一口气，一个愉快的声音响起。

"你好……"

眼前的门一下子被打开，娜奥美站到了我面前。

"你好！"

她又说了一遍，愣愣地看着我。

"你来干吗？"

我都懒得起床，静静地、冷淡地问。她竟然厚颜无耻地来了，我心里一愣——

"我？……来拿行李呀！"

"行李可以拿去，可是你是从哪里进来的？"

"从正门呀……我有钥匙。"

"走的时候，把钥匙留下。"

"好，我走之前留下！"

之后，我转过身背对着她一言不发。短时间内，她在我枕边"咣当咣当"地整理包袱巾，过了一会儿，突然"咻"地传来解开腰带的声音。我注意到，她来到房间一角，而且是我视线所及的地方，背对着我，换了件和服。刚刚她一进来这里，我就注意到她的衣着，那是一件我没见过的铭仙绸衣服。不知道是不是天天穿着，衣领沾满了污垢，膝盖也露在外头，皱皱巴巴的。她解开腰带，脱下那件有点脏的铭仙，露出的贴身平纹长汗衫也脏兮兮的。然后她拿起刚刚抽出的金线薄绸长汗衫，轻轻搭在肩上，一边蠕动，一边把穿在下面的平纹针织衣物像金蝉脱壳般迅速地脱在榻榻米上，然后换上一件她喜欢的龟甲形碎纹大岛绸衣服，将红白相间的市松格子窄腰带紧紧缠在腰间。以为接着该系宽腰带了，她却转向我，在那里蹲下，换起布袜来。

她的赤脚对我而言是极致的诱惑，我尽可能不往那边看，却还是忍不住频频偷瞄。她当然也意识到了这一点，故意把脚扭得像鱼鳍一样，时不时试探似的留意我的眼神。换完衣服，她飞快地收拾好脱下的衣物。

"再见！"她边说着边把包袱往门口的方向拖。

"喂！钥匙不留下？"直到这时我才出声搭话。

"啊，没错没错！"她答道，从手提袋里摸出钥匙，"那，我就搁在这了喔——可是，我一趟实在是搬不完所有的行李，说不定还会再来一次呢！"

"不来也行，我会送到你浅草的家。"

"要是送到浅草去就麻烦了，正好我有点时间……"

"那么该寄到哪里去呢？"

"哪里，我还没定好……"

"如果这个月之内不来取的话，我就不管三七二十一，直接送到浅草去——总不能一直堆着你的东西。"

"行，可以，我马上来拿。"

"还有，我先和你说好，找辆车来一次搬空，另外找人来拿，你自己别来。"

"这样啊……那，就这么办。"

然后她离开了。

我心想这就放心了。又过了两三天的某天晚上九点左右，我在画室看晚报时，又听到"咔嚓"的声音，有人把钥匙插进大门的锁里。

二十五

"谁?"

"我呀!"

与此同时,门"砰"的一声打开,一个黑色的、大得像熊一样的物体从屋外的黑暗中闯进了房间。不大工夫,黑色外衣被"啪"地脱下,这次露出的是白皙的肩头和手臂,穿着淡水色法兰西绉绸晚礼服,原来是一位陌生的年轻西洋女士。纤秾合度的颈项上佩戴如彩虹般闪闪发光的水晶颈饰,那顶黑色天鹅绒呢帽压得眼睛都几乎遮住,只能看到带有一种神秘感的非常白的鼻尖和下巴,鲜亮的朱唇分外显眼。

"晚上好!"

听到这声音,又见那洋人取下了帽子,"咦,这个女人是……"我仔细端详她的脸,总算发觉她就是娜奥美。这么说好像很不可思议,但娜奥美的形象总是变幻无常。不,如果只有形象的话,再怎么变化也不可能看错,最先骗过我眼睛的还是那张脸。不知施了什么魔法,她的容貌完全变了,从肤色、眼神到轮廓全都变了。如果我没有听到她的声音,即使是取下帽子的现在,我也不知道这个女人是谁,恐怕还以为她是不知打哪儿来的洋人。其次,如前所述,那肤色惊人的白。从洋服里溢出的丰满肉体如苹果的果肉般白皙。娜奥美作为日本女人不算黑,不过,也不该这么白。其实,从几乎露到肩膀的两只胳膊看,无论如何也不能相信这是日本人的手臂。上次在帝国剧场观看管弦乐队的歌剧时,我曾痴迷于年轻西洋女演员的白皙手臂,娜奥美的这只手臂恰似那一只。不!我感觉更胜那一只。

娜奥美晃了晃淡水色的晚礼服和颈饰,穿着细高跟鞋迈着小碎步款款走来,漆皮高跟的鞋尖缀有新式的小钻石——啊,我当时就想,这就是上次滨田说的仙蒂瑞拉的鞋子——她单手叉腰,手肘张开,非常得意地扭着身子强作媚态,突然毫不客气地走到哑然无语的我面前。

"让治,我来取行李啰!"

"你不来取也行,我不是叫你找人过来取吗?"

"可是,人家没有人可以拜托嘛!"

说话之间,娜奥美的身子没有片刻安分。她一本正经地板着脸,时而两脚紧紧合拢站着、耸肩,时而单脚向前踏出一步,时而用脚后跟"哒哒"地敲地板,每回她都要更换手的位置,肌肉紧绷得像钢丝,各个部分都动用了运动神经。于是,我的视觉神经也随之紧张起来。她的一举手一投足,她身上的一丝一毫都滴水不漏地映入我的眼中。细细端详她的脸,才发现怪不得她完全变了个样。她把发际的头发剪只有得两三寸长,把发梢一根根梳得整整齐齐,像中国姑娘的刘海那样,如暖帘般垂在额前。其余的头发拢成一束从头顶缠得圆圆的、平平的盖住耳朵，像大黑天①戴的帽子。她至今没有梳过这种发型，一定是这个原因才让她脸的轮廓变得像换了个人。接着，再留意看，她的眉毛也和往常不同。她的眉毛生来又粗又浓，可今晚她的眉又细又长，描着如烟的弧线，弧线周围剃得泛青。我立时分辨出了她下的这番功夫。可我不知道她的眼睛、嘴唇和肤色，究竟施了什么魔法。眼珠子看起来和西洋人如此相似，也许是因为眉毛的缘故，可除此之外好像还有什么玄机。多半是眼睑和睫毛，那其中一定有什么奥妙。我虽然心里这么想，但是不能分辨出她的手法。嘴唇也是，上唇正中央处，恰如樱花花瓣一样，分成截然两半，那红润也不同于普通口红，有着栩栩如生的光泽。至于肌肤的白，再怎么细瞧，也是先天带来的，毫无施粉的痕迹。而且那白色不只是脸，从肩胛、手臂到指尖都是一个颜色，因而，倘使施了白粉，那非得全身抹上不可。这来历不明的妖艳少女令人费解——我甚至觉得，这与其说是娜奥美，不如说是娜奥美的灵魂在某种作用下，变成了拥有某种理想之美的幽灵吧！

"喂，可以吗？我到二楼去拿行李？"娜奥美幽灵般地说。然而，听那声音依旧是娜奥美，的确不是幽灵。

"嗯，可以……可以是可以……"我明显有些慌乱，口气稍稍上扬，"……你是怎么打开大门的？"

"怎么打开的？用钥匙打开的！"

"钥匙之前不是留在这里了吗？"

---

① 即摩诃迦罗，又意译为"大黑""大时""大黑神"或"大黑天神"等。

"钥匙我有好几把呢，又不是只有一把！"

那时，她的红唇才头一次突然浮现出微笑，带着卖弄风情的、嘲讽的眼神。

"我今天明着告诉你，钥匙我打了好把多，你拿走一把根本不碍事儿。"

"可是你要是常常来，我会很为难。"

"没事儿，只要把行李都搬走了，你叫我来我都不会来。"

她脚跟一旋，一转身，"咚咚咚"地跑上楼，跑进了阁楼上的房间。

之后，究竟过了几分钟呢？我倚在画室的沙发上，痴痴地等待她从二楼走下来……不到五分钟，还是半小时，抑或是一小时呢？……我实在搞不清这段时间的"长短"。在我心中，唯独今晚的娜奥美，仿佛听过某种美妙音乐后的余韵，变成一种恍惚的快感久久不能消退。那音乐仿佛是从极其高远、极其纯净的世外圣域中响起的女高音，既不带情欲，也不带爱恋……我心里感受到的约莫是极其遥远的缥缈的陶醉。我反复思量，今晚的娜奥美与那个污秽的荡妇娜奥美、那个被一堆男人取了龌龊绰号、譬如卖淫女的娜奥美完全无法相提并论，像我这样的男人只能跪倒在她面前顶礼膜拜。如果她那雪白的指尖轻轻一碰我，我岂止是会欣喜若狂，更会战栗不已。这种心情要如何形容才能让读者了解呢？——就像是乡下的老头子来到东京，某一天在街上偶然碰到了自幼离家出走的女儿。可女儿摇身变成了高贵的都市女郎，看到脏兮兮的乡下农民，怎么也察觉不到是自己的父亲。而父亲尽管注意到了，却由于如今身份上的悬殊不敢靠近，他震惊于

二十五

这是自己的女儿，并为此目瞪口呆，只能惭愧地偷偷溜走——我此刻的心情就恰似那位老父亲，又空虚又高兴。不然就像被未婚妻抛弃的男人，过了五年、十年，某一天站在横滨码头，一艘商船驶来，一群海外回国人士走下来，在人群中不经意地瞥见未婚妻。本以为她是出洋归来的，可是男人打从一开始就失去了接近她的勇气。自己一如既往只是一介穷书生，女方却已看不出半点少女时代的粗鄙，已经成了习惯巴黎、纽约奢侈生活的时髦贵妇，两人之间已相差千里——此时我的心情恰似那时的书生，对被抛弃的自己自轻自贱；对于她意料之外的发迹，心怀喜悦——这么说来，似乎还是说得不够清楚，不过，硬要比喻的话，大概就是这么一回事吧！总之，到此为止的娜奥美无论怎么擦拭也擦不掉过去的污点，它们早已渗透进她的肉体。但是当我看到今晚的娜奥美时，我发现那些污点已经被她那同天使一般纯洁的雪白肌肤抹去了，过去连想起来都觉得嫌恶的女人，如今反而让人感觉以指尖碰触她都是对她的亵渎——这是梦吗？如果不是梦，娜奥美是从哪里学来这样的魔法、修来这样的妖术？两三天前她还穿着那有点脏的铭仙绸衣物……

"咚咚咚"！威风凛凛地下楼声再次响起，那双脚尖镶新钻石的鞋在我眼前停住了。

"让治，我这两三天内还要再过来哟！"她说。

虽然站在眼前，但脸和脸保持着三尺左右的距离，像风一样轻的衣角也绝不碰我……

"今天晚上只是来取两三本书。我是不会一下子把大件行李背走的，何况我是这种打扮。"

那时，我的鼻子隐约闻到了一股气味。啊，这气味……那味道让人联想到大海彼岸的诸国，以及奇妙的异国花园……什么时候闻到过，舞蹈老师施列姆斯卡娅伯爵夫人……那是她的皮肤散发出的香味。娜奥美身上带着和那一样的香水味……

我不管娜奥美说什么，都只是点头附和"嗯嗯"。她的身影再度消失在夜幕中，我锐利的嗅觉仍似追逐幻象般追逐着弥漫在房间里渐渐散去的芳香……

二十六

　　各位读者,通过之前描述的来龙去脉,大概能推想到我和娜奥美不久就要重归于好——这是顺理成章的事情,没什么不可思议的。事实上,结果和大家预料的一样。但在此之前,我碰了一鼻子灰,费了不少徒劳之功。

　　从那以后,我和娜奥美之间的对话变得很亲昵。怎么说呢?之所以这么说,是因为第二晚和第三晚,还有之后的每一天,娜奥美每天晚上都要来取点东西。来了一定上二楼,打好包袱下来,尽是些绉纱、帛纱包得了的零碎小物件。

　　"今晚来拿什么东西呢?"我问。

　　"这个?没什么,只是个小玩意儿。"她回答得暧昧,"我有些口渴,可以让我喝一杯茶吗?"她边说边走到我旁边坐下,聊了二三十分钟之后离开。

　　"你是住在这附近吗?"有一天晚上,我和她同桌对面而坐,边喝红茶边问她。

　　"为什么要问这个?"

　　"问一下也不要紧吧?"

"但是，为什么呢……听了你又打算做什么呢？"

"没有什么打算，我是出于好奇才问的——欸，你住在哪里啊？你跟我说说也没什么嘛！"

"不要，我才不说呢！"

"为什么不说呢？"

"我没有义务满足让治先生的好奇心。既然这么想了解，就跟踪我的足迹吧，当秘密侦探是让治先生的拿手好戏。"

"我并不打算这么做……但我想你住的地方一定就在附近。"

"咦，为什么？"

"你不是每天晚上都来搬东西吗？"

"每晚来也不一定就在附近呀，可以搭电车也可以坐汽车啦！"

"那么，你是特地从大老远赶来的？"

"谁知道呢……"她说着岔开话题，"……你是说每晚都来不好吗？"她巧妙地转换了话题。

"并不是说不好，但是……我叫你别来，你也不顾一切地找上门来，事到如今我实在拿你没办法…"

"是啦，我脾气不好，你叫我别来，我就偏要来——还是说你害怕我来？"

"唔，是的……多多少少有一点儿……"

只见她仰起头，露出雪白的下颌，红艳艳的嘴大大张开，突然咯咯地笑得捧腹大笑。

"不过你放心，我不会干什么坏事的。比起这些，我想忘却过往，从今往后与让治先生做普通朋友，互帮互助。你说，可以吗？这样一来就没什么顾虑了吧？"

"可是，还是总觉得有点怪怪的！"

"哪里怪怪的？曾经的夫妻，如今变成朋友为什么奇怪？那是陈腐落伍的观念……说真的，以前的事我一点都没再想起。即使是现在，如果我想勾引让治，在此处就马上可以轻而易举地得手，不过，我发誓绝不做那样的事。好不容易让治先生下了决心，我不忍心让你动摇……"

"那么，你是同情我、可怜我，才说要和我当朋友的？"

"我并没有这种意思啦，让治先生要是好好振作起来，不就不会惹人同情了吗？"

"可是那也很奇怪呀！现在是打算好好振作，可要是和你来往说不定又慢慢动摇了。"

"让治先生是笨蛋啦……那你是不想当朋友咯？"

"啊，是不太愿意。"

"不愿意的话，我就勾引你——将让治先生的决心毁于一旦，我要给你弄得一团糟！"娜奥美如此说，她半开玩笑半认真地带着一种怪异的眼神嗤笑起来。"是要做朋友清清白白地来往，还是要被诱惑再受尽折磨，你选哪个？——我今晚就要胁迫你。"

我当时就在想，到底这个女人打什么主意要和我交朋友呢？她每天晚上来拜访我，不是单纯出于戏弄我、调侃我，一定还有什么企图。先交朋友，然后逐渐拉近关系，以不主动认错的方式重新结为夫妻吗？倘使她的本意如此，即使她不玩弄这种麻烦的计谋，我也会毫不犹豫地同意吧。因为我心中不知不觉已燃烧起一股熊熊欲火，如果能和她再次结为夫妻，打死我也说不出一个"不"字来。

"喂，娜奥美啊，若仅仅是普通朋友又有何意义？那样的话，还不如干脆像以前那样结为夫妻，那样更好不是吗？"

我借着天时地利，想自己主动提出这样的要求。不过，从今晚娜奥美的样子看来，我吐露心声，她似乎也不会轻易应承，说出那个"好"字来。

一旦看穿我的底细，她说不定会更得意忘形地嘲弄我：

"那种事恕难从命，我只想和你做普通朋友，仅此而已！"

难得我一片痴心，若是被这样糟蹋，那实在是自讨没趣。而且最紧要的一点，娜奥美的本意不是结为夫妻，她想以彻底的自由之身玩弄一个接一个的男人，我也是被玩弄的对象之一。她既有这样的企图，我更加不能随随便便地开口。现在她连住址都不愿意说个明白，不得不让人猜想，她现在还有其他的男人，要是这么黏黏糊糊地娶进门，我可是又要吃苦头了。

我思索片刻后，冷冷地笑着说："那就交个朋友吧，我也受不了被你胁迫。"

我心里的小九九是，如果和她交朋友的话，就能摸清她的真实想法。而且，如果她还有一丝诚意，那时我才有机会吐露自己的心声，劝她和我结为夫妻，那时再娶她为妻肯定比现在有利。

"那你是答应了？"娜奥美这么说，逗笑似的觑着我的脸，接着说，"但是让治先生，真的就只是普通的朋友喔！"

"啊，那是当然！"

"那些下流事，谁都不能想哟！"

"我知道……不然我也很麻烦。"

"哼！"娜奥美照例一场鼻尖冷冷一笑。

自这件事后，她出入得更频繁。有天傍晚，我从公司一回来，她大叫一声："让治！"突然像燕子似的奔过来，"今晚能请我吃晚饭吗？是朋友的话，请顿饭应该不要紧吧！"

于是，我请她吃西餐。她饱餐一顿之后打算回去，但那晚因为下雨，我们到家比较晚，她"咚咚咚"地敲响了我卧室的门。

"晚安，你已经睡了吗？……要是睡了就不用起来了，我今晚打算在这里过夜。"

她自作主张爬进隔壁的房间，在地板铺好床睡了。有时我早上起来一看，她还好好地在那里呼呼大睡。她老把"谁叫咱们是朋友呢！"挂在嘴边。

我那时深刻地体会到，她是个天赋异禀的淫妇，这话还得从这一点说起。她本就水性杨花，让一堆男人看到自己的肌肤也不当一回事，但与此同时，她又懂得在平日好好隐藏自己的皮肤，哪怕是一分一毫，也绝不随便让男人白白看去。谁都可以一亲芳泽的身子，平时却遮掩得极好——在我看来，这确实是淫妇本能地保护自己的心理。为什么呢？因为淫妇的肌肤对她来说是最重要的"武器"，是一种"商品"，比起贞女对肌肤的严防死守，要更甚一层，否则，"商品"就会渐渐贬值。娜奥美深谙其中的奥妙，在曾经是她丈夫的我面前，她的肌肤包裹得更加严实。然而，她真的是慎之又慎吗？好像也不是那样，娜奥美故意挑我在家时换衣服，一换衣服就寻找空隙让衬衫不小心滑落，"哎呀！"一边惊叫着，一边双手遮着裸露的肩膀逃

到隔壁房间去，洗完澡再回来，在梳妆台前露出身体，再装作像是才发现我一样驱赶我，

"啊，让治先生，你不能待在这里，到那边去吧！"

如此不经意间，娜奥美露出的些许肌肤不时在我眼前一晃而过，例如颈项周围、手肘、小腿肚、脚后跟……虽然真的只有极小的部分，但我的眼睛绝不会看漏，她的身体比以前更加光洁，美得让人憎恶。我常常在想象的世界里，将她剥得一丝不挂，尽情饱览她的曲线。

"让治，看什么看成这副德行？"

她有时背对着我一边换衣服一边说。

"看你的身材呀，好像比以前更娇嫩水灵了。"

"啊，讨厌……淑女的身体怎么能随便看呢！"

"我没看啊，只不过从衣服上大概也能看出来。你的屁股本来就翘，这阵子更加丰润了。"

"是啊，屁股越来越大，成了肥臀。不过，腿还很纤细，没变成萝卜腿。"

"嗯！你的腿从小就笔直笔直的，直立时两条腿能紧紧并拢。现在也是这样吗？"

"是呀，能紧紧并拢！"

她这么说着，一边用和服裹住身体，一边站得笔直。

"你看！并得很紧吧！"

那时，我的脑海中浮现出在某张照片上看过的罗丹的雕像。

"让治先生，你想看看我的身体吗？"

"我要是想看,你给我看吗?"

"那可不行,你和我不是朋友吗?去,直到我换好衣服为止,请你到那边去!"

然后,她"砰"的一声关上门,像是狠狠地拍我的背一样。

就像这样,娜奥美总是一味地挑动我的情欲,把我引到临门一脚之处,然后她在前方设置重重关卡,不让我越雷池半步。我和娜奥美之间有一堵玻璃墙,无论看起来多么接近,实际上根本无法超越。倘若我贸然出手,必会碰到那堵墙,再焦躁难耐也触不到她的肌肤。有时娜奥美出乎意料地像是要拆掉那堵墙,我心想"嚯,这下可以了",可一靠近还是照例不让通行。

"让治,你真是个乖孩子,给你一个吻吧!"

她经常半开玩笑地说这种话。我明知道她是在戏弄我,可她的嘴唇一靠过来,我还是会想吸吮。眼看着两唇即将触在一起,那瞬间她的唇又马上逃离,从两三寸开外的地方朝我的嘴吹气。

"这是朋友间的接吻哟!"

她这么说着,抿嘴一笑。

这种"朋友的接吻"成了独特的寒暄方式——男方不能吸吮女方的嘴唇,只能满足于吸入她嘴里呼出的气息——这成了我们彼此后来的习惯。

"再会,我还会再来的!"

分别之际,她朝我噘起嘴唇,我将脸向前伸出,像对着吸入器一样张开嘴。她猛地吹一口气灌进我嘴里,我深深地吸入,闭上眼,津津有味地咽入心底。她的呼吸带着潮湿,很是温暖,不像是从人的肺里呼出的,而是有花儿一般甜甜的芬芳——听她说为了迷惑我,她悄悄地在嘴唇上涂了香水,当然那个时候我还不知道有什么玄机——我经常这么想,一旦变成像她这样的妖妇,是不是连内脏都异于普通的女人,因此,通过她身体、含在她口中的空气,才会散发出这么妖艳色情的气味也未可知。

我的头脑就这样渐渐被迷惑,任由她随心所欲地玩弄摆布。我现在已经没有闲工夫说"非得正式结婚""我可不想被你玩弄于股掌之间"之类的话了。不,老实说,我应该一开始就知道,要是我真的害怕她的诱惑,不和她来往就好了。说是为了试探她的真意,或者说为了寻找有利的机会,不过是自欺欺人的借口罢了。我嘴里说害怕诱惑,其实说实话,我正在期待她的诱惑。可是她无论何时都只是重复无聊的朋友把戏,绝不肯在此之上做更多的诱惑。这就是她让我越来越焦躁的计谋吧,让我焦躁到难以自拔,她眼看"时机到了",再突然脱下"朋友"的假面,得意扬扬地伸出魔鬼之手。她早晚一定会出手,她是不出手绝不善罢甘休的女人。而我充其量只能将计就计,她说走就走,说停就停,事事都按她的要求照办的话,最终就能斩获猎物。我每天为这样的想法得意扬扬,然而,我的预想可能不会那么容易实现。总以为她今天终于要脱下假面,明天就会伸出恶魔之手了,可到了千钧一发之际,她总会麻溜地逃之夭夭。

如此一来,我是真的焦躁了,几乎要喊出:"我等不及了,你要诱惑就快点上!"露出浑身破绽,展现种种弱点,最后甚至完全颠倒过来,变成我在勾引她了。可是她一概不理,还以责备孩子的眼神斥责我:"怎么了,让治先生?那样不就违反约定了吗?"

"约定什么的无所谓啦,我已经……"

"不行,不行!我们可是朋友呀!"

"哎呀,娜奥美,不要那样说好不好……我求求你……"

"啊,你真是缠人!我都说了不行了……嗯,我给你一个吻吧!"她像往常一样哈了一口气,"喂,这样行了吧!你再不忍耐可不行呀,这也许已经超越朋友的界限了,是看在让治的份上才给予的特别待遇。"

然而,这"特别"的爱抚手段反而具有异常刺激我神经的力量,根本无法让我平静下来。

"他妈的,今天也不行吗!"

我越来越焦躁不安。她像一阵风似的离开,我一时间什么事也做不了,自己生自己的气,像被关在笼子里的猛兽一样在房间里转来转去,拿东西撒气,不管什么东西,全都摔个稀巴烂。

我真是疯了,为这种男性的歇斯底里所困扰。她每天都来,我每天都要发作一次。而且我的歇斯底里和普通的歇斯底里不一样,即使停止发作了,之后也不能泰然处之。心情一旦平静下来,反而比之前更加明了、更加执着,老是回想起娜奥美肉体的细枝末节来。她换衣服时从和服下摆漏出来的脚,她吹气时凑过来相隔仅两三寸的唇,比实际看到时更加鲜明地浮现在我的眼前。透过她唇与足的曲线,我的想象开始天马行空,连不可思议的部分和实际看不见的部分也像冲洗底片一样渐渐显现出来,最后在我内心的深渊之谷,伫立起类似大理石的维纳斯像的东西来。我的脑海成了被天鹅绒的帷幕围起来的舞台,有一位名叫"娜奥美"的女演员在那里登场。从四面八方照来的舞台灯光,以强烈的圆光包裹在漆黑中,摇曳着的她的白色胴体。当我聚精会神地注视着她时,在她肌肤上燃烧的光芒变得越来越明亮,有时会灼烧我的眉毛。像是电影的"特写",身体的每个部分都被放大到极其鲜明的程度……那个幻影以实感恫吓我的官能程度,一点不逊于真品。美中不足的是不能用手触摸,除此之外,比真品更加生动。看得太过仔细,最后我感到一阵眩晕,浑身血液一下子涌上脸来,不由自主地心跳加速。于是我的歇斯底里又再次发作,踢翻椅子,扯烂窗帘,打破花瓶……

我的妄想日益变得狂暴,只要一闭上眼睛,娜奥美就在我眼睑下方的暗处。我常常回想起她那芬芳的气息,朝着虚空的方向张开嘴巴,大口大口地呼吸着周围的空气。无论是走在大街上,还是蛰伏在房间里,每当思慕她的嘴唇,我就立刻仰天大口大吕地吸气。我的眼里随处可见娜奥美的红唇,周围的空气都让我觉得是娜奥美的气息。也就是说,娜奥美是恶灵,弥漫在天地之间,围绕着我,折磨着我,听着我的呻吟,笑着凝视我。

"让治先生最近很奇怪,你怎么了?"某一晚娜奥美过来,这么问我。

"还能有什么事呢,不就是为了你腹热心煎……"

"哼!"

"你哼什么?"

"人家可是打算严格遵守约定。"

"你打算遵守到什么时候?"

"永远。"

"别开玩笑。这样做的话,我的脾气会越来越怪!"

"那我告诉你一个好办法,把自来水往头上一浇就好了。"

"喂,你真的要……"

"又来了!让治先生一露出这种眼神,我就更想捉弄你了。别靠我那么近,离我远点,不要碰我一根指头!"

"真拿你没办法,朋友的吻总可以给我吧!"

"你要是老老实实的,我就给你,不过之后你不会发疯吧?"

"发疯就发疯吧!我已经顾不得这种事了!"

二十七

那一夜，娜奥美与"碰不得她一根指头"的我隔桌而坐。她饶有兴趣地望着我那张焦虑不安的脸，一直说到深夜，十二点一到，她又以调侃人的口气说道：

"让治，今晚我又要住在这里哟！"

"啊，你住吧，明天是礼拜天，我一天都在家。"

"不过呢，我可不能因为住下来就对让治百依百顺。"

"不必，你多虑了，本来你也不是百依百顺的女人。"

"要是百依百顺不就方便你了吗？"她说着，吃吃偷笑，"哎呀，你先休息吧，不要说梦话。"

她把我赶到二楼，然后走进隔壁房间，"咔嚓"一声锁上了房门。

我很在意隔壁的房间，当然不容易入睡。以前，我和她还是夫妻时，从来没犯过这种傻，我睡觉时她肯定躺在我身旁。一想到这里，我就感到无比的懊悔。墙壁的另一侧，娜奥美频频弄出"乒乒乓乓"的声响——或许她是故意的也未可知——她铺好棉被，拿出枕头做好睡前准备。啊，现在她正解开头发，脱下衣服，换上睡衣，这些样子我都能分辨得一清二楚。然后她好像"啪"地掀开了寝具,接着"砰"地扑倒在棉被上。

"好大的声响啊!"我半是自言自语,半是让她听到般如此说。

"还醒着?你睡不着?"墙的另一侧立马传来娜奥美的回应。

"啊,怎么也睡不着……我在思考很多烦心事儿。"

"呵呵呵,让治的烦心事,不听也大概能知道。"

"但是,这实在是太奇怪了。此时此刻你就躺在这堵墙的另一边,我却无能为力。"

"一点也不奇怪。很久以前不就是这样嘛!我第一次来让治家的时候……那时候不是像今晚这样睡的吗?"

娜奥美这么一说,我不由得一阵悸动。啊,曾经有过那样的时候啊,那时候彼此都还纯真无瑕。然而这丝毫不能平息我如今的爱欲,相反我只感到一种痛心,想着两个人有多么深厚的因缘,就怎么也离不开她。

"那时候你还很天真呢!"

"现在我也是天真无邪的呀!心里有鬼的是让治吧!"

"你爱怎么说就怎么说吧,我打算追你到天涯。"

"呵呵呵……"

"喂!"

我这样说着,咚地的一声敲响了墙壁。

"哎哟,你干什么呀,这里可不是郊外的独门独户。拜托你安静一点!"

"这堵墙太碍事了,我想把这堵墙敲坏!"

"好吵啊！今晚老鼠闹得可真凶。"

"当然闹得凶。这只老鼠已经歇斯底里了。"

"我讨厌这种上了年纪的老鼠！"

"别瞎说，我才不是老头子，刚满三十二岁呢！"

"我才十九岁欸，以十九岁的标准看，三十二岁的人就是爷爷了呀。我不会说你的坏话的，你到外面去讨个老婆吧，那样的话说不定能治好歇斯底里。"

娜奥美不管我说什么，最后只是呵呵地笑。不久，她说："我要睡了。"接着发出呼呼大睡的声响，又过了一小会儿，她好像真的睡着了。

第二天早上，睁开眼一看，娜奥美穿着睡衣衣冠不整地坐在我的枕边。

"怎么了？让治，昨晚很难捱吧！"

"唔，最近我经常歇斯底里，你害怕吗？"

"挺有意思的，我还想再看看来着。"

"已经没事了，今天早上已经完全好了。啊，今天天气真好啊！"

"天气这么好就起床吧！已经十点多了。我一个小时前就起了，早上去洗了个澡。"

听她这么一说，我一边躺着一边抬头欣赏她出浴后的身姿。大体上所谓女人的"浴后美态"——过个十五分钟或是二十分钟，多多少少静置一会儿比起刚刚出浴的时候更能呈现其真正的美艳。泡澡过后，无论皮肤多么美丽的女人，短时间内手指等部位都会肿胀发红，

二十七 | 229

要经过一段时间的冷却，等体温恢复正常，才像蜡一般凝结变得透明。娜奥美现在刚洗完澡，又被户外的风吹拂，所以正处于浴后最美的瞬间。那吹弹可破的、薄如蝉翼的皮肤，即使还带着水蒸气也显出纯白的鲜亮，隐藏在衣襟下的酥胸带着水彩画颜料中的紫色阴影，容光焕发，像贴了凝胶膜一样有光泽。只有眉毛还湿湿的，配上冬日碧空如洗的晴朗天空，透过窗户在她脸上映照出淡淡的蓝色。

"你怎么回事，大清早就去洗澡？"

"怎么回事也不必你多管闲事——啊，真是舒服呀！"

她用手轻轻拍了拍鼻子的两侧，然后忽然把脸探到我眼前。

"哎哎哎！你给我仔细看看，我长胡子了吗？"

"啊，还真长了。"

"我要是顺路去理发店刮刮脸好了。"

"你不是讨厌刮脸吗？说什么西洋女人绝对不会刮脸……"

"不过这段时间，刮脸在美国已经很流行了。你看我的眉毛，美国女人都是把眉毛剃成这个样子的。"

"哦，原来如此，你的脸近来有所变化，连眉形都变了，难道是因为你把眉毛刮成这样吗？"

"嗯，是啊，你现在才注意到，已经落伍了。"她说着，好像在想些别的事情，突然问道，"让治，你的歇斯底里真的好了吗？"

"嗯嗯，痊愈了，怎么问这个？"

"要是治好了，我有件事想拜托让治……现在去理发店太麻烦了，你能帮我刮脸吗？"

"说这种话，你又想让我歇斯底里地发作是吧？"

"哎呀，不是啦！人家真的是很诚心地拜托你嘛，帮我做这点事还是可以的吧？不过你要是歇斯底里发作伤了我就不好了。"

"我借你安全剃刀，你自己刮不就得了？"

"那样可不行啊，要是只刮脸还好，但脖子周围，直到肩胛后方都要刮呀！"

"欸，为什么连那种地方都要刮？"

"那是因为，如果要穿晚礼服，整个肩膀都会露出来……"接着她还故意露出一点肩膀的嫩肉给我看，"你瞧，要刮到这里为止，我自己没办法刮啦！"

说着，她又赶紧把肩膀藏进衣服里，虽然这是她的惯用伎俩，但对我来说那是难以抗拒的诱惑。娜奥美这家伙，根本就不是想刮脸，连洗澡也只是玩弄我的手段罢了——我虽然明白，但能帮她刮脸已经是一个我接受的前所未有的新挑战了。今天我能离得更近一点，仔细观察那块皮肤，当然还可以摸上一摸。光是这么想，我就丧失了拒绝她要求的勇气。

我帮她用煤气炉烧开水，用洗脸盆打好水，换好刀片，在我做各种准备的时候，她把桌子搬到窗户边，在上面放了一面小镜子，两腿分开，一屁股坐在凳子上，接着把白色的大毛巾绕在领口周围。我绕到她身后，将高露洁的肥皂棒沾上水，在我即将开刮的时候，她开口说：

"让治，你帮我刮可以，不过有一个条件。"

"条件？"

"嗯，是的。也不是什么难事儿。"

"什么事？"

"你别借着刮毛的机会，手指到处乱捏，我可不乐意。你帮我刮的时候，一点都不能碰到我的皮肤。"

"可是，你……"

"有什么好'可是'的？不碰到不是也能刮？肥皂用刷子刷就得了，再用吉列剃刀刮……理发店高超的师父也不会有肌肤接触！"

"拿我和理发店的师傅比，我可受不了！"

"别说大话了，其实你很想帮我刮——要是你不喜欢，我就不勉强你啦！"

"没有不喜欢。你别再说了，就让我刮吧！好不容易都准备好了。"

我盯着娜奥美褪去衣领的修长的后颈，只好这么说。

"那就按我说的条件办？"

"嗯，好的。"

"绝对不能碰哟！"

"嗯，不碰。"

"要是碰到一点点，我就要你立马停下！把你的左手放在膝盖上。"

我按照吩咐仅用右手，从她的嘴边开始刮。

她眼睛盯着镜子，陶醉地享受着被剃刀利刃抚摸的快感，安分地让我刮。我耳中听着她均匀的呼吸声，像是快要睡着了，我的眼睛能看到她下颔下律动的颈动脉，我与她的脸离得非常近，近到几乎被她的眼睫毛刺到。窗外空气干爽，晨光照耀，明亮得可以数清每一个毛孔。我从未在这么明亮的地方,如此细致地凝视过自己心爱的女人的相貌。这么看,她的美和巨人一样伟大,带着强烈的压迫感,向我步步逼近。那极度细长的眼,像漂亮的建筑物一样挺拔的鼻子,两条高耸的线连接起鼻与嘴,在线条下方,嵌着饱满的红唇。啊,这就是名为"娜奥美的脸"的微妙物质吗?这种物质会成为我烦恼的种子吗……这么一想,真是不可思议。我不由得拿起刷子,往那物质的表面刷上一层又一层肥皂泡。但是,无论我用刷子怎样来回拨弄,这物质都保持安静,一点也不抵抗,只是以柔软的弹力微微颤动……

……我手上的剃刀,如银色的虫子爬行般缓缓爬下平滑的皮肤,从脖颈处向肩膀方向移动。映入我眼帘的是她牛奶般雪白的后背,那后背宽阔而丰硕。她大概常常端看自己的脸,可她知道自己后背这么美吗?她自己恐怕也不知道。最了解它的是我,我曾每天以热水冲洗这后背。那时搓起的肥皂泡也像现在一样……这是我恋爱的遗址。我的手、我的手指,高兴地在这凄艳的雪上嬉戏,在这里自由、快乐地舞蹈。说不定现在哪里还留有痕迹……

"让治,你的手在抖呢,麻烦你专注一点……"

娜奥美的声音突然响起。我的脑袋痛得厉害,嘴里干巴巴的,我自己也知道身体在异常颤抖。我一下子觉得自己"发疯了",我拼命想要忍住,那一刹那我的脸变得忽冷忽热。可是,娜奥美的恶作剧还不肯止步于此。肩膀剃好之后,她卷起袖子,高高抬起手肘,说道:

"来,接着刮腋下!"

"欸,腋下?"

"是的,穿洋装要刮腋毛,让人看到这里不是很失礼吗?"

"你心眼也太坏了!"

"哪里心眼坏了,你真是好笑……我的水要凉了,你赶紧的!"

就在这一瞬间,我突然扔掉剃刀,扑到她的手肘上——与其说是扑过去,不如说是咬上去。于是,娜奥美像是早已预料到了似的,马上用手肘把我顶了回去,我的手指眼看着要摸到什么部位,又因为肥皂滑了一下。她又一次用力把我推到墙边。

"干什么呀!"

她尖锐地叫了起来。我一看,那张脸——大概是我脸色铁青的缘故吧,她的脸——我没有开玩笑,也是铁青的。

"娜奥美!娜奥美!别再拿我开玩笑了!可以吗?我什么都听你的!"

我完全不知道自己说了什么,性急地、飞快地、像是发烧呓语一般地唠叨。娜奥美默默地笔直站着,目不转睛地瞪着我,十分惊讶。

我扑到她的脚下,跪在她的脚下说:

"啊,为什么不说话?你说点什么吧!要是不愿意就杀了我!"

"你疯了!"

"疯了不好吗?"

"谁会喜欢一个这样的疯子。"

"那把我当作一匹马!像以往那样骑在我背上,你要是实在不喜欢我,只把我当一匹马也好!"

我说着,在那里趴了下来。

一瞬间,娜奥美以为我真的疯了。她的脸从铁青转为乌黑,瞪着我的眼里有近乎恐怖的神情。然而,她突然间猛地扬起脸,以大胆的

表情咚地跨上我的背部,以男人的语气说道:

"呀,这样行了吧?"

"嗯,这样就好了。"

"以后我说什么你都会听吗?"

"嗯,会听。"

"我要多少钱你就给多少钱?"

"我给。"

"我想干什么你就让我干什么,保证一点都不干涉我?"

"不干涉。"

"你可以不再叫我'娜奥美',称我为'娜奥美小姐'吗?"

"可以。"

"你保证?"

"我保证。"

"好,那我就不拿你当马了,还是把你当人看待。看你这可怜劲儿……"

然后我和娜奥美浑身都弄得满是肥皂泡……

"……这下我们终于又结为夫妻了,下次你一定不要再逃了。"我说。

"我逃了你很困扰吗?"

"是啊,很困扰呢,我一度以为你不会回来了。"

"怎么样?你知道我的可怕了吧?"

"知道了,太知道了。"

"那么,你刚刚说过的话别忘记了,什么都随我喜欢——虽说是夫妻，但我可不喜欢死板又拘束的夫妻关系。要不然，我会再次逃走的！"

"以后，'娜奥美小姐'和'让治先生'又可以一起走下去了。"

"可以时不时地让我去跳舞吗？"

"嗯。"

"我可以结交形形色色的朋友吗？你不会再像以前一样抱怨了吧？"

"嗯。"

"不过，我已经和小政绝交了……"

"咦，你和熊谷绝交了？"

"是的，绝交了，我才不会和那种讨厌鬼再继续下去——今后我想尽量和洋人交往，他们比日本人有趣。"

"是那个横滨的，叫作麦坎内尔的男人吗？"

"我的国际友人大有人在，区区一个麦坎内尔不值得大惊小怪啦！"

"哼，谁晓得……"

"你不能这样怀疑人家，我既然这么说，你就得信以为真才行。好吗？喂，你是相信呢？还是不相信呢？"

"我相信！"

"我还有其他的要求呢……让治先生辞职了打算怎么办？"

"要是被你抛弃了，我想搬到乡下去，可要是现在这样我就不搬回去了。我整理一下乡下的财产，换成现金带过来。"

"换成现金有多少？"

"不知道欸，能带过来的，应该有二三十万吧！"

"才那么点？"

"有那么多，我们两个人过日子不是绰绰有余吗？"

"可以尽情奢侈，游戏人生吗？"

"可不能尽情奢侈……你可以随心所欲。我打算开一间事务所，独自拼搏一番。"

"别把钱全部投在事业上，让我过奢侈生活的钱要单独放，行吗？"

"啊，好的。"

"那，你能先分出一半给我吗？有三十万就分我十五万，有二十万就分我十万……"

"你倒是算得很精嘛。"

"那是当然，一开始就要把规矩定好，怎么样？答应吗？是不是这样你就不愿意娶我为妻了？"

"没有不愿意啊……"

"不愿意你就开口说，趁现在说还来得及。"

"我不是说了没关系吗……我答应你……"

"接着还有呢，事已至此，我也不能再住在这样的房子里了，请搬到更豪华、更气派的房子里去吧！"

"那是当然。"

"我想搬去洋人街区，住在有漂亮卧室和餐厅的西式房子里，要有厨子和仆人供我使唤……"

"东京有那样的房子吗？"

"东京没有，横滨有啊。在横滨的山手有一栋正好空着的出租房，上次我仔细看过了。"

我这才知道她有很深的谋算。娜奥美一开始就有此打算，做足了计划来钓我上钩。

二十八

接下来我说的是三四年之后的事情。

我们从那以后搬到横滨,租了娜奥美之前相中的那栋山手的洋房。然而,随着奢侈的程度不断升级,那个房子过了不久也显得小了,很快我们又搬到本牧,买了一处之前瑞士人居住、附带家具的房子。那场大地震害得山手的房子全部烧光了,本牧的大都幸免于难,我的房子只不过墙壁裂了缝而已,谈不上什么大损失,不知道是何等的幸运。所以我们至今住在这个房子里。

后来,我按计划辞去了大井町公司的工作,整理好乡下的财产,和学生时代的两三个同学一起,开了一家制作销售电气机械的合资公司。这家公司我出资最多,所以我不必亲力亲为,业务实际上是朋友在打理,我不必天天去公司。可不知为什么,娜奥美不喜欢我成天待在家里,我没有办法,虽然不愿意还是每天去公司转一圈。我早上十一点左右从横滨去东京,在京桥的事务所待一两个小时露个脸,傍晚四点左右再回家。

以前我是个非常勤快的人,早上起得很早,但此时的我,不到九点半、十点根本起不来。一起床,我就直接穿着睡衣,踮起脚尖蹑手蹑脚走到娜奥美的卧室前,轻轻地敲门。不过,娜奥美比我起得还晚,那时候还是半睡半醒,她有时候微微哼一声算作回应,有时候睡得太死我也可能得不到回应。如果有回应,我就进房间打招呼,如果得不到回应,我就在门前折返,直接去事务所。

就像这样,我们夫妻不知何时起开始分房睡觉,最初这是娜奥美的提议。她说,女人的闺房是神圣的,即使是丈夫也不能妄加侵犯。她自己要了大的房间,把我安置在隔壁的小房间。虽说是隔壁,但两个房间并没有紧挨在一起,中间还夹着一个夫妻专用的浴室和厕所。也就是说,两间房是隔开的,不能直接从一间房到另一间房。

娜美每天似睡非睡、似醒非醒地窝在被窝里迷迷瞪瞪地抽烟看报,直到早上十一点多才起床。抽的烟是迪米特里诺牌[①]的细长卷烟,看的报纸是《都新闻》,另外还看古典音乐和时尚类的杂志。她其实不喜欢看内容,只是为了仔细观察里面的照片——主要是服装的设计和潮流。她的房间东面和南面有窗户,阳台下边就是本牧的大海,大清早光线就很明亮。娜奥美的房间很宽敞,如果按日式建筑计算约有二十叠。她的床放在卧室中央,价值不菲,不是寻常物件,而是东京的某个大使馆出售的、带有圆顶的床,上面吊着白纱床幔。买了这张床之后,娜奥美可能是睡得更舒服了,以至于比从前更难离开床。

洗脸之前,她要在床上喝红茶和牛奶。在这期间,用人准备好洗澡水。她起床后,先去浴室洗澡,洗好澡再回床上躺着让人给她按摩。然后梳头、磨指甲,人们常说"兵器七件套",她更胜一筹,几

---

① 德国本土烟Dimitrino,历史悠久,口味醇厚。

十种药和工具轮番上脸,穿衣服也是犹豫不决、挑三拣四的,等她到餐厅大概得一点半。

吃了午饭之后,到晚上她几乎闲着没什么事。晚上要么受人所邀,要么邀人前来,要不就是到酒店跳舞什么的,所以那时,她还要再化一次妆,换一次衣服。碰上西式晚会就更不得了了,又是洗澡,又是让用人帮她全身扑满白粉。

娜奥美的朋友经常更换。滨田和熊谷从那以后就再没来往过。有一阵她好像很喜欢那个麦坎内尔,不久之后一个叫杜甘的男人代替了他。杜甘之后她又交了个名叫尤斯塔斯的朋友。这个叫尤斯塔斯的男人,比麦坎内尔更讨人厌,他很会讨好娜奥美,我曾有一次气不过在舞会上打了他一顿。结果引起了很大的骚动,娜奥美袒护尤斯塔斯只骂我"疯了"。我越发狂躁起来,追着尤斯塔斯打。所有人都抱住我喊:"乔治,乔治!"——我的名字叫让治,洋人听成了"George",故而"乔治,乔治"的叫我——这件事过后,尤斯塔斯没再到家里来。但与此同时,娜奥美又向我提出了新条件,我决定服从。

在尤斯塔斯之后,当然也出现了第二个、第三个尤斯塔斯,但如今的我,老实得连我自己都觉得无法想象。人一旦有过可怕的经历,就会产生无法摆脱的念头,永远留在脑海里。我至今无法忘记,娜奥美逃走时,我那可怕的经历。"你知道我的可怕了吧",她说的这句话,如今仍萦绕在我耳畔。我早就知道她的水性杨花与肆意妄为,如果去掉这些缺点,她的价值将不复存在。她越是水性杨花、越是肆意妄为,我就越觉得她可爱,我陷进了她的圈套。因此我明白,如果我发怒，自己会输得更惨。

　　人一旦失去了自信，也就无计可施了。眼下的我，英语已经远远不及她。在实际交流的过程中，英语水平自然而然会提高吧！然而，当我在晚会听到她娇声向女士们、先生们示好，听她滔滔不绝地说话，才知道她的发音原先就很好，格外地有洋腔洋调，好多地方我还听不懂。她有时也会学着洋人的调调称我为"乔治"。

　　关于我们夫妻的记录到此结束。读完觉得荒诞至极的人，请一笑了之。认为这是个教训的人，请引以为戒。至于我本人，由于痴迷娜奥美，别人怎么想我也顾不得那许多了。

　　娜奥美今年二十三岁，我三十六岁。